AF547571

GRöLS
Verlage

„BÜCHER SIND WIE FALLSCHIRME. SIE NÜTZEN UNS NICHTS, WENN WIR SIE NICHT ÖFFNEN."

Gröls Verlag

Redaktionelle Hinweise und Impressum

Das vorliegende Werk wurde zugunsten der Authentizität sehr zurückhaltend bearbeitet. So wurden etwa ursprüngliche Rechtschreibfehler *nicht* systematisch behoben, denn kleine Unvollkommenheiten machen das Buch – wie im Übrigen den Menschen – erst authentisch. Mitunter wurden jedoch zum Beispiel Absätze behutsam neu getrennt, um den Lesefluss zu erleichtern.

Um die Texte zu rekonstruieren, werden antiquarische Bücher von Lesegeräten gescannt und dann durch eine Software lesbar gemacht. Der so entstandene Text wird von Menschen gegengelesen und korrigiert – hierbei treten auch Fehler auf. Wenn Sie ebenfalls antiquarische Texte einreichen möchten, finden Sie weitere Informationen auf www.groels.de

Viel Freude bei der Lektüre wünscht Ihnen das Team des Gröls-Verlags.

Adressen

Verleger: Sophia Gröls, Im Borngrund 26, 61440 Oberursel

Externer Dienstleister für Distribution & Herstellung: BoD, In de Tarpen 42, 22848 Norderstedt

Unsere „Edition | Werke der Weltliteratur“ hat den Anspruch, eine der größten und vollständigsten Sammlungen klassischer Literatur in deutscher Sprache zu sein. Nach und nach versammeln wir hier nicht nur die „üblichen Verdächtigen“ von Goethe bis Schiller, sondern auch Kleinode der vergangenen Jahrhunderte, die – zu Unrecht – drohen, in Vergessenheit zu geraten. Wir kultivieren und kuratieren damit einen der wertvollsten Bereiche der abendländischen Kultur. Kleine Auswahl:

Francis Bacon • Neues Organon • **Balzac** • Glanz und Elend der Kurtisanen • **Joachim H. Campe** • Robinson der Jüngere • **Dante Alighieri** • Die Göttliche Komödie • **Daniel Defoe** • Robinson Crusoe • **Charles Dickens** • Oliver Twist • **Denis Diderot** • Jacques der Fatalist • **Fjodor Dostojewski** • Schuld und Sühne • **Arthur Conan Doyle** • Der Hund von Baskerville • **Marie von Ebner-Eschenbach** • Das Gemeindekind • **Elisabeth von Österreich** • Das Poetische Tagebuch • **Friedrich Engels** • Die Lage der arbeitenden Klasse • **Ludwig Feuerbach** • Das Wesen des Christentums • **Johann G. Fichte** • Reden an die deutsche Nation • **Fitzgerald** • Zärtlich ist die Nacht • **Flaubert** • Madame Bovary • **Gorch Fock** • Seefahrt ist not! • **Theodor Fontane** • Effi Briest • **Robert Musil** • Über die Dummheit • **Edgar Wallace** • Der Frosch mit der Maske • **Jakob Wassermann** • Der Fall Maurizius • **Oscar Wilde** • Das Bildnis des Dorian Grey • **Émile Zola** • Germinal • **Stefan Zweig** • Schachnovelle • **Hugo von Hofmannsthal** • Der Tor und der Tod • **Anton Tschechow** • Ein Heiratsantrag • **Arthur Schnitzler** • Reigen • **Friedrich Schiller** • Kabale und Liebe • **Nicolo Machiavelli** • Der Fürst • **Gotthold E. Lessing** • Nathan der Weise • **Augustinus** • Die Bekenntnisse des heiligen Augustinus • **Marcus Aurelius** • Selbstbetrachtungen • **Charles Baudelaire** • Die Blumen des Bösen • **Harriett Stowe** • Onkel Toms Hütte • **Walter Benjamin** • Deutsche Menschen • **Hugo Bettauer** • Die Stadt ohne Juden • **Lewis Caroll** • *und viele mehr….*

Henrik Ibsen

Ein Puppenheim

Übersetzt von Marie von Borch

Schauspiel in drei Akten

Inhalt

Personen

Helmer, Advokat
Nora, seine Frau
Doktor Rank
Frau Linde
Krogstad, Anwalt
Die drei kleinen Kinder Helmers
Anne-Marie, Kinderfrau
Ein Hausmädchen bei Helmers
Ein Dienstmann

Das Stück spielt in Helmers Wohnung.

ERSTER AKT

(Ein gemütlich und geschmackvoll, aber nicht luxuriös eingerichtetes Zimmer. Rechts im Hintergrund führt eine Tür in das Vorzimmer; eine zweite Tür links im Hintergrund führt in Helmers Arbeitszimmer. Zwischen diesen beiden Türen ein Pianino. Links in der Mitte der Wand eine Tür und weiter nach vorn ein Fenster. Nahe am Fenster ein runder Tisch mit Lehnstühlen und einem kleinen Sofa. Rechts an der Seitenwand weiter zurück eine Tür und an derselben Wand weiter nach vorn ein Kachelofen, vor dem ein paar Lehnstühle und ein Schaukelstuhl stehen. Zwischen Ofen und Seitentür ein kleiner Tisch. An den Wänden Kupferstiche. Eine Etagere mit Porzellan und anderen künstlerischen Nippessachen; ein kleiner Bücherschrank mit Büchern in Prachteinbänden; Teppich durchs ganze Zimmer. Im Ofen ein Feuer. Wintertag.)

(Im Vorzimmer klingelt es; gleich darauf hört man, wie geöffnet wird. ***Nora*** *tritt vergnügt trällernd ins Zimmer; sie hat den Hut auf und den Mantel an und trägt eine Menge Pakete, die sie rechts auf den Tisch niederlegt. Sie läßt die Tür zum Vorzimmer hinter sich offen, und man gewahrt draußen einen* ***Dienstmann,*** *der einen Tannenbaum und einen Korb trägt; er übergibt beides dem Hausmädchen, das ihnen geöffnet hat.)*

Nora.
Tu den Tannenbaum gut weg, Helene. Die Kinder dürfen ihn jedenfalls erst heut abend sehen, wenn er geputzt ist.*(Zum Dienstmann, indem sie ihr Portemonnaie hervorzieht.)* Wieviel –?

Dienstmann.
Fünfzig Öre.

Nora.
Da ist eine Krone. Nein – behalten Sie den Rest.*(Der Dienstmann dankt und geht. Nora schließt die Tür. Sie lacht noch immer stillvergnügt vor sich hin, während sie den Hut und Mantel ablegt. Sie zieht eine Tüte mit Makronen aus der Tasche und ißt ein paar; dann geht sie vorsichtig an die Tür ihres Mannes und lauscht.)* Ja, er ist zu Hause.*(Trällert wieder leise vor sich hin, indem sie rechts an den Tisch tritt.)*

Helmer *(in seinem Zimmer.)*
Zwitschert da draußen die Lerche?

Nora,*(während sie einige Pakete öffnet.)*
Ja, das tut sie!

Helmer.
Poltert da das Eichhörnchen herum?

Nora.
Ja!

Helmer.
Wann ist das Eichhörnchen nach Hause gekommen?

Nora.
Diesen Augenblick.*(Steckt die Makronentüte in die Tasche und wischt sich den Mund ab.)* Komm, Torvald, und sieh Dir mal meine Einkäufe an.

Helmer.
Nicht stören!*(Bald darauf öffnet er die Tür und sieht herein, mit der Feder in der Hand.)* Einkäufe, sagst Du? Diese vielen Sachen? Ist das lockere Zeisiglein wieder ausgewesen und hat Geld verschwendet?

Nora.
Aber Torvald, dies Jahr dürfen wir doch wirklich ein bißchen über die Stränge schlagen. Sind es doch die ersten Weihnachten, wo wir nicht zu sparen brauchen.

Helmer.
Hör' mal, Du, Luxus dürfen wir auch nicht treiben.

Nora.
Doch, Torvald, wir dürfen jetzt schon ein bißchen Luxus treiben. Nicht wahr? Nur ein ganz, ganz klein bißchen. Du bekommst ja nun ein großes Gehalt und wirst viel, viel Geld verdienen.

Helmer.
Ja, von Neujahr ab. Aber dann vergeht noch ein ganzes Quartal, bis das Gehalt fällig ist.

Nora.
Bah! Bis dahin können wir ja borgen.

Helmer.
Nora!*(Geht hin zu ihr und zupft sie scherzhaft am Ohr.)* Geht schon wieder der Leichtsinn mit Dir durch? Gesetzt den Fall, ich borgte mir heute tausend Kronen, und Du brächtest sie in der Weihnachtswoche durch, und am Sylvesterabend fiele mir ein Ziegelstein auf den Kopf, und ich läge da –

Nora *(hält ihm den Mund zu.)*
Pfui, laß die garstigen Reden!

Helmer.
Ja, nimm mal an, daß so was passierte, – was dann?

Nora.
Wenn so was Gräßliches passierte, dann wär' es mir ganz gleichgültig, ob ich Schulden hätte oder nicht.

Helmer.
Und die Leute, von denen ich das Geld geliehen hätte?

Nora.
Die? Wen gingen die was an? Das sind ja Fremde.

Helmer.
Nora, Nora, Du bist ein Weib! Aber im Ernst, Nora: Du weißt, wie ich in diesem Punkt denke. Keine Schulden! Niemals borgen! Es kommt etwas Unfreies und damit auch etwas Unschönes über ein Hauswesen, das auf eine Borgwirtschaft gegründet ist. Bis auf den heutigen Tag haben wir beide tapfer ausgehalten, und das wollen wir nun auch noch die kurze Zeit tun, wo es nötig ist.

Nora *(geht zum Ofen hin.)*
Na ja; wie Du willst, Torvald.

Helmer *(geht hinter ihr her.)*
Ei, nun darf aber die kleine Lerche auch nicht die Flügel hängen lassen. Wie? Das Eichhörnchen steht und mault? –*(Zieht das Portemonnaie.)* Nora, was mag ich da wohl haben?

Nora *(wendet sich schnell um.)*
Geld!

Helmer.
Da nimm!*(Gibt ihr einige Banknoten.)* Du lieber Gott, ich weiß, daß zu Weihnachten im Hause eine ganze Menge draufgeht.

Nora *(zählt.)*
Zehn, – zwanzig, – dreißig, – vierzig. Schönen Dank, Torvald, schönen Dank; damit behelfe ich mich lange.

Helmer.
Ja, das mußt Du aber auch!

Nora.
Ja, ja, das werde ich schon. Aber nun komm und laß Dir alle meine Einkäufe zeigen. Und so wohlfeile Einkäufe. Schau her, – ein neuer Anzug für Ivar – und dazu ein Säbel. Hier ist ein Pferd und eine Trompete für Bob, und da eine Puppe und Puppenwiege für Emmy. Es ist freilich recht einfach, aber sie macht doch immer gleich alles entzwei. Und hier Kleiderstoff und Taschentücher für die Mädchen. Mutter Anne-Marie müßte eigentlich viel mehr haben!

Helmer.
Und was ist in dem Paket da?

Nora *(schreit.)*
Weg, Torvald! Das bekommst Du erst am Abend zu sehen!

Helmer.
Ach so! – Aber nun sag' mir, Du kleiner Verschwender, womit hast Du denn Dich selbst bedacht?

Nora.
Ach geh, – ich mich? Ich wüßte wirklich nicht, was –

Helmer.
Du sollst aber! Nenne mir etwas Vernünftiges, was Dir ganz besondere Freude machen würde.

Nora.
Ich wüßte wirklich nichts. – Doch, Torvald, hör' –

Helmer.
Na?

Nora *(spielt an seinen Knöpfen, ohne ihn anzusehen.)*
Wenn Du mir ein Geschenk machen willst, so könntest Du ja –; Du könntest –

Helmer.
Na also – heraus damit!

Nora *(hastig.)*
Du könntest mir Geld schenken, Torvald. So viel nur, wie Du meinst entbehren zu können. Ich kann mir dann gelegentlich später etwas dafür kaufen.

Helmer.
Aber Nora, –

Nora.
Ach ja, tu's, lieber Torvald, ich bitte Dich recht sehr; ich wickle mir dann das Geld in schönes Goldpapier ein und hänge es an den Weihnachtsbaum. Wäre das nicht reizend?

Helmer.
Wie nennt man doch die Vögel, die alles Geld durchbringen?

Nora.
Ja, ja, lockere Zeisige, – ich weiß schon. Aber wir wollen es so machen, wie ich sage, Torvald: dann habe ich Zeit zu überlegen, was ich am notwendigsten brauche. Ist das nicht sehr vernünftig, Torvald, wie?

Helmer *(lächelnd.)*
Ei freilich –, das heißt, wenn Du das Geld, das ich Dir gebe, wirklich festhalten und Dir selbst etwas dafür kaufen könntest. So aber geht es im Haushalt und für allerhand unnütze Dinge drauf, und dann muß ich wieder herausrücken.

Nora.
I bewahre, Torvald –

Helmer.
Läßt sich nicht leugnen, meine kleine liebe Nora!*(Legt den Arm um ihre Taille.)* Mein lockerer Zeisig ist entzückend, aber er braucht eine schwere Menge Geld. Man sollte es nicht glauben, wie hoch einem Mann solch ein Vögelchen zu stehen kommt.

Nora.
Aber nein! Wie kannst Du nur so was sagen? – Ich spare doch wirklich, wo ich kann.

Helmer *(lacht.)*
Ein wahres Wort! Wo Du kannst. Aber Du kannst absolut nicht.

Nora *(trällert und lächelt stillvergnügt.)*
Hm! Du solltest nur wissen, wie viele Ausgaben wir Lerchen und Eichhörnchen haben, Torvald.

Helmer.
Du bist ein sonderbares Dingchen. Ganz wie Dein Vater. Auf jede Art bemühst Du Dich, Geld in die Hand zu kriegen, und sobald Du es hast, verschwindet Dir's zwischen den Fingern; Du weißt nie, wo es geblieben ist. Na, aber man muß Dich nehmen, wie Du bist. Das liegt im Blut. Ja, ja, ja, Nora, so was vererbt sich.

Nora.
Nun, ich wünschte, ich hätte viele von Papas Eigenschaften geerbt.

Helmer.
Und ich möchte Dich gar nicht anders haben, als Du bist, meine liebe, kleine, singende Lerche. Doch – da fällt mir etwas ein. Du siehst heute so –, so, – wie soll ich gleich sagen? – so verdächtig aus –

Nora.
Ich?

Helmer.
Allerdings. Sieh mir mal gerade in die Augen.

Nora *(sieht ihn an.)*
Na?

Helmer *(droht mit dem Finger.)*
Hat das Leckermäulchen etwa heut in der Stadt genascht?

Nora.
Aber nein, wie kommst Du darauf?

Helmer.
Hat das Leckermäulchen ganz gewiß keinen Abstecher in die Konditorei gemacht?

Nora.
Nein, Torvald, ich versichere Dir –

Helmer.
Nicht ein wenig Konfitüren geschleckt?

Nora.
Nein, wahrhaftig nicht!

Helmer.
Auch nicht ein paar Makronen probiert?

Nora.
Nein, Torvald, ich versichere Dir wirklich –

Helmer.
Na, na, na – es ist ja natürlich nur im Scherz gemeint –

Nora *(geht rechts an den Tisch.)*
Es würde mir doch nie einfallen, gegen Deinen Wunsch zu handeln.

Helmer.
Nein, das weiß ich ja wohl. – Und dann hast Du mir ja Dein Wort gegeben – *(Geht zu ihr.)* Behalt Deine kleinen Weihnachtsüberraschungen nur für Dich, mein Herz. Heut abend, wenn der Baum brennt, werden sie schon ans Licht kommen, davon bin ich überzeugt.

Nora.
Hast Du auch nicht vergessen, Rank einzuladen?

Helmer.
Nein. Aber das ist ja gar nicht nötig. Es versteht sich von selbst, daß er mit uns speist. Übrigens werde ich ihn einladen, wenn er heut vormittag herkommt. Guten Wein habe ich schon bestellt. Nora, Du glaubst gar nicht, wie ich mich auf den heutigen Abend freue.

Nora.
Ich mich auch. Und wie die Kinder erst jubeln werden, Torvald!

Helmer.
Ach, es ist doch ein herrlicher Gedanke, eine feste gesicherte Stellung, sein reichliches Auskommen zu haben. Nicht wahr! Der Gedanke ist ein Hochgenuß!

Nora.
Ach, es ist wunderbar!

Helmer.
Denkst Du noch an vorige Weihnachten? Drei liebe lange Wochen vorher hast Du Dich Abend für Abend bis in die tiefe Nacht hinein eingeschlossen, um Blumen für den Baum und die vielen andern Herrlichkeiten anzufertigen, womit wir überrascht werden sollten. Uh, das war die ödeste Zeit, die ich je erlebt habe.

Nora.
Ich habe mich dabei gar nicht gelangweilt.

Helmer *(lächelnd.)*
Aber das Ergebnis war doch recht dürftig, Nora!

Nora.
Neckst Du mich schon wieder damit! Was konnte ich dafür, daß die Katze kam und mir alles kaputt machte.

Helmer.
Nein, mein armes Norachen, dafür konntest Du freilich nichts. Du hattest den besten Willen, uns alle zu beglücken, und das ist die Hauptsache. Aber gut ist es doch, daß die knappen Zeiten vorüber sind.

Nora.
Ja, es ist wirklich wunderbar!

Helmer.
Nun brauche ich hier nicht allein herumzusitzen und mich zu öden. Und Du brauchst Deine lieben Augen und Deine zarten, feinen Händchen nicht anzustrengen –

Nora *(klatscht in die Hände.)*
Nein, nicht wahr, Torvald, das brauchen wir nun nicht mehr!? O, wie wunderbar schön sich das anhört.*(Nimmt seinen Arm.)* Nun paß mal auf, Torvald, wie ich mir unsere künftige Einrichtung gedacht habe. Sobald

Weihnachten vorbei ist –*(es läutet im Vorzimmer.)* Ach, da läutet es!*(Räumt schnell ein wenig im Zimmer auf.)* Es kommt gewiß jemand. Wie dumm!

Helmer.
Für Besuche bin ich nicht zu Hause, vergiß das nicht.

Hausmädchen *(in der Vorzimmertür.)*
Gnädige Frau – eine fremde Dame – –

Nora.
Ich bitte.

Hausmädchen *(zu Helmer.)*
Der Herr Doktor ist auch da.

Helmer.
Er ist wohl gleich zu mir hineingegangen?

Hausmädchen.
Ja, das ist er.

(Helmer ab in sein Zimmer; das Hausmädchen führt ***Frau Linde,*** *die im Reiseanzug ist, ins Zimmer und schließt dann die Tür hinter ihr.)*

Frau Linde *(zaghaft und ein wenig zögernd.)*
Guten Tag, Nora.

Nora *(unsicher.)*
Guten Tag –

Frau Linde.
Du kennst mich wohl nicht mehr –?

Nora.
Nein, ich weiß nicht –; doch, ja, – ich glaube –*(aufjubelnd.)* Wie – Christine! Bist Du's wirklich?!

Frau Linde.
Ja, ich bin es.

Nora.
Christine! Und ich habe Dich nicht wiedererkannt! Aber wie konnt' ich auch – .*(Leiser.)* Wie Du Dich verändert hast, Christine!

Frau Linde.
Allerdings. In neun – zehn langen Jahren –

Nora.
So lange haben wir uns nicht gesehen? Wahrhaftig, ja! Ach, die letzten acht Jahre waren eine glückliche Zeit! – Das kannst Du glauben. Und nun bist Du in die Stadt gekommen? Hast mitten im Winter die weite Reise gemacht? Das war brav.

Frau Linde.
Ich bin heut früh mit dem Dampfschiff angekommen.

Nora.
Natürlich, um Dir ein Weihnachtsvergnügen zu machen. Wie nett! Wir wollen auch recht lustig sein. Aber so leg' doch Deine Sachen ab. Du frierst doch nicht?*(Hilft ihr.)* So – jetzt setzen wir uns gemütlich an den Ofen. Nein, da in den Lehnstuhl! Ich setze mich in den Schaukelstuhl.*(Ergreift ihre Hände.)* Ja, das ist ja das alte, bekannte Gesicht; nur im ersten Augenblick –. Etwas bleicher bist Du freilich geworden, Christine, – und vielleicht auch etwas magerer.

Frau Linde.
Und viel, viel älter, Nora.

Nora.
Na ja, vielleicht ein bißchen älter; aber nur ganz, ganz wenig, nicht der Rede wert.*(Hält plötzlich inne; ernst.)* Ich gedankenlose Person! Da sitze ich und schwätze! Liebste, einzige Christine, kannst Du mir vergeben?

Frau Linde.
Was denn, Nora?

Nora *(leise.)*
Arme Christine, Du bist ja Witwe geworden.

Frau Linde.
Ja, schon vor drei Jahren.

Nora.
Gott, ich wußte es ja; ich habe es ja in den Zeitungen gelesen. Ach, Christine, Du kannst mir glauben, immer wollte ich Dir schreiben in der Zeit; aber jedesmal habe ich es wieder aufgeschoben; stets kam was dazwischen.

Frau Linde.
Liebe Nora, das begreife ich wohl.

Nora.
Nein, Christine, es war garstig von mir! Ach, Du Ärmste, was mußt Du nicht alles durchgemacht haben! – Und er hat Dir nichts zum Leben hinterlassen?

Frau Linde.
Nichts!

Nora.
Und keine Kinder?

Frau Linde.
Nein!

Nora.
Ganz und gar nichts also?

Frau Linde.
Nicht einmal eine Sorge oder ein Leid, von dem ich zehren könnte.

Nora *(sieht sie ungläubig an.)*
Aber Christine, wie ist das möglich?

Frau Linde *(lächelt schwermütig und streicht ihr über das Haar.)*
Ach, das kommt zuweilen vor, Nora.

Nora.
So ganz allein! Wie furchtbar schwer das für Dich sein muß. Ich habe drei reizende Kinder. Augenblicklich kann ich sie Dir nicht vorstellen, – sie sind mit der Kinderfrau aus. Aber nun mußt Du mir alles erzählen –

Frau Linde.
Ach nein! Erzähl' Du mir lieber!

Nora.
Nein, Du mußt anfangen. Heute will ich nicht egoistisch sein. Heut will ich nur an Deine Sachen denken. Aber*eines* muß ich Dir doch sagen. Hast Du schon davon gehört, welch großes Glück uns in diesen Tagen beschert worden ist?

Frau Linde.
Nein, was denn?

Nora.
Denk Dir, mein Mann ist Direktor der Aktienbank geworden.

Frau Linde.
Dein Mann? O dieses Glück –!

Nora.
Ja, ein riesiges Glück. Ein Advokat hat ein so unsicheres Brot, besonders wenn er sich nur mit feinen und anständigen Geschäften befassen will. Und das hat Torvald natürlich immer gewollt; und darin halte ich es auch ganz mit ihm. Glaub' mir, wir freuen uns! Schon zu Neujahr tritt er in die Bank ein, und dann kriegt er ein großes Gehalt und viel Prozente. Von jetzt ab können wir ganz anders leben als bisher –, ganz, wie wir wollen. Ach, Christine, wie leicht und glücklich ich mich fühle! Ja, es ist doch wunderschön, tüchtig viel Geld und keine Sorgen zu haben. Nicht wahr?

Frau Linde.
Jedenfalls muß es schön sein, das Notwendige zu haben.

Nora.
Nein, nicht das Notwendige nur – sondern tüchtig, tüchtig viel Geld.

Frau Linde *(lächelt.)*
Nora, Nora! Bist Du noch immer nicht gescheit geworden? In der Schule warst Du eine große Verschwenderin.

Nora *(lächelt still.)*
Ja, das sagt Torvald heutigentags noch.*(Droht mit dem Finger.)* Aber "Nora, Nora" ist nicht so dumm, wie Ihr denkt. – Uns ist es wahrhaftig nicht so ergangen, daß ich hätte verschwenden können. Wir haben beide arbeiten müssen.

Frau Linde.
Du auch?

Nora.
Ja, Kleinigkeiten –, Handarbeiten, Häkeleien, Stickereien und dergleichen, – *(leichthin)* – und auch noch andere Sachen. Du weißt doch, daß Torvald aus dem Ministerialdienst ausgetreten ist, als wir heirateten? In seinem Rayon war keine Aussicht auf Beförderung, und er mußte doch mehr Geld verdienen als früher. Im ersten Jahr überarbeitete er sich aber ganz gräßlich. Er war, wie Du

Dir denken kannst, auf allerhand Nebenverdienste angewiesen und mußte von früh bis spät schaffen. Das konnte er nicht vertragen, und so wurde er totkrank. Die Ärzte erklärten es für notwendig, daß er nach dem Süden ginge.

Frau Linde.
Ach ja, Ihr wart ja ein ganzes Jahr in Italien.

Nora.
Ja, gewiß. Glaub' mir, es war nicht leicht wegzukommen. Ivar war eben geboren. Doch weg mußten wir auf jeden Fall. Ach, es war eine wunderbar schöne Reise, und sie hat Torvald das Leben gerettet. Aber eine schwere Menge Geld hat sie gekostet, Christine.

Frau Linde.
Das kann ich mir schon denken.

Nora.
Zwölfhundert Taler hat sie gekostet. Viertausendachthundert Kronen. Du, das ist viel Geld.

Frau Linde.
Aber in solcher Lage ist es jedenfalls doch ein großes Glück, wenn man es hat.

Nora.
Ich will Dir was sagen, wir kriegten es von Papa.

Frau Linde.
Ach so. Gerade um jene Zeit starb ja wohl Dein Vater.

Nora.
Ja, Christine, gerade damals. Und denk nur, ich konnte nicht zu ihm reisen und ihn pflegen. Ich erwartete ja täglich die Geburt meines kleinen Ivar. Und dann mußte ich ja auch meinen armen totkranken Torvald pflegen. Der liebe, gute Papa! Ich habe ihn nicht mehr gesehen, Christine. Ach! das ist das Schwerste, was ich seit meiner Verheiratung erlebt habe.

Frau Linde.
Ich weiß, Du hast ihn sehr lieb gehabt. Und dann seid Ihr also nach Italien gereist?

Nora.
Jawohl – da hatten wir ja das Geld, und die Ärzte drangen darauf. Einen Monat später sind wir gereist.

Frau Linde.
Und Dein Mann kam ganz geheilt zurück?

Nora.
Munter wie ein Fisch im Wasser.

Frau Linde.
Aber – der Doktor?

Nora.
Wieso?

Frau Linde.
Ich glaubte das Mädchen so verstanden zu haben, der Herr, der zugleich mit mir eintrat, sei der Doktor.

Nora.
Das war Doktor Rank. Der kommt aber nicht als Arzt zu uns. Das ist unser bester Freund und läßt sich hier bei uns täglich wenigstens einmal sehen. Nein, Torvald ist auch noch nicht eine Stunde wieder krank gewesen. Und die Kinder sind munter und gesund, und ich auch.*(Springt auf und klatscht in die Hände.)* Gott, o Gott, Christine, es ist doch wunderbar schön, zu leben und glücklich zu sein! – – Ach, aber es ist abscheulich von mir –; ich spreche immer nur von meinen eigenen Sachen.*(Setzt sich dicht neben sie auf einen Schemel und legt die Hände auf Frau Lindes Schoß.)* Ach, Du mußt mir nicht böse sein! – Sag' mal, ist es wirklich wahr, daß Du Deinen Mann nicht geliebt hast? Warum hast Du ihn denn genommen?

Frau Linde.
Meine Mutter lebte noch und war bettlägerig und ohne Mittel. Und auch für meine beiden jüngeren Brüder hatte ich zu sorgen. Es schien mir unverantwortlich, seinen Antrag zurückzuweisen.

Nora.
Nein, nein, das ist ganz richtig. Er war also damals reich?

Frau Linde.
Er war recht wohlhabend, glaube ich. Aber es waren unsichere Geschäfte, Nora. Als er starb, kam der Zusammenbruch, und nichts blieb übrig.

Nora.
Und dann –?

Frau Linde.
Dann mußte ich mich mit einem kleinen Kramladen und einer kleinen Schule und allem Möglichen durchschlagen. Die letzten drei Jahre sind ein einziger langer, ruheloser Arbeitstag für mich gewesen. Jetzt ist er zu Ende, Nora. Meine arme Mutter braucht mich nicht mehr, – sie ist gestorben. Und die Jungen auch nicht, – sie haben jetzt Stellungen und können für sich selber sorgen.

Nora.
Wie leicht Du Dich fühlen mußt –

Frau Linde.
Nein, Du, – nur so unsagbar leer. Niemand mehr, für den ich leben kann.*(Steht unruhig auf.)* Deshalb hielt ich es da in dem entlegenen Nest nicht mehr aus. Hier muß man doch leichter etwas finden können, das einen in Anspruch nimmt und die Gedanken beschäftigt. Wenn es mir nur gelänge, eine feste Stellung zu finden, ein wenig Bureauarbeit –

Nora.
Aber Christine, das ist ja entsetzlich anstrengend und Du siehst ohnehin schon so angegriffen aus. Es wäre viel besser für Dich, wenn Du eine Badereise machen könntest!

Frau Linde *(geht ans Fenster.)*
Ich habe keinen Vater, der mir das Reisegeld schenken könnte, Nora.

Nora *(steht auf.)*
Ach, sei mir nicht böse!

Frau Linde *(geht zu ihr.)*
Liebe Nora, sei*Du* mir nicht böse. Das ist das Schlimmste bei Verhältnissen wie den meinigen, daß sie so das Gemüt verbittern. Man hat für niemand zu arbeiten, und doch muß man fortwährend tätig sein. Denn man muß doch leben, und so wird man Egoist. Als Du mir von der glücklichen Veränderung in

Eurer Lebenslage erzähltest – wirst Du mir glauben, da freute ich mich nicht so sehr um Deinet-, wie um meinetwillen.

Nora.
Wie das? Ach ja – ich verstehe Dich. Du meinst, daß Torvald etwas für Dich tun könnte.

Frau Linde.
Ja, das dachte ich mir.

Nora.
Das soll er auch, Christine. Überlaß das nur mir; ich werde es schon so fein einfädeln, so fein, – etwas recht Liebenswürdiges aushecken, das bei ihm verfängt. Ach, ich möchte Dir so furchtbar gern helfen.

Frau Linde.
Wie schön von Dir, Nora, daß Du so für meine Sache eintrittst – doppelt schön von*Dir,* die Du selbst die Last und Mühsal des Lebens so gar nicht kennst.

Nora.
Ich –? Ich kenne nicht –?

Frau Linde *(lächelnd.)*
Du lieber Gott, das bißchen Handarbeit und dergleichen –. Du bist ein Kind, Nora.

Nora *(wirft den Kopf zurück und geht durchs Zimmer.)*
Das solltest Du nicht mit solcher Überlegenheit sagen.

Frau Linde.
So?

Nora.
Du bist wie die andern. Alle glaubt Ihr, daß ich zu etwas wirklich Ernstem nicht tauge –

Frau Linde.
Na, na – –

Nora.
– daß ich nichts geleistet habe in diesem schweren Dasein.

Frau Linde.
Liebe Nora, Du hast mir ja eben all Dein Ungemach erzählt.

Nora.
Ach was, – die Bagatellen! –*(Leise.)* Das Große, das habe ich Dir nicht erzählt.

Frau Linde.
Das Große? Was meinst Du damit?

Nora.
Du unterschätzt mich durchaus, Christine; aber das solltest Du nicht tun. Du bist stolz darauf, daß Du so lange und so schwer für Deine Mutter geschafft hast.

Frau Linde.
Ich unterschätze gewiß niemanden. Aber eins ist wahr: ich bin stolz und glücklich in dem Gedanken, daß es mir vergönnt gewesen ist, meiner Mutter die letzten Lebenstage einigermaßen sorgenfrei zu gestalten.

Nora.
Und Du bist auch stolz in dem Gedanken, was Du für Deine Brüder getan hast.

Frau Linde.
Ich glaube ein Recht dazu zu haben.

Nora.
Das glaube ich auch. Aber nun sollst Du etwas erfahren, Christine. Auch ich habe was, das mich stolz und glücklich macht.

Frau Linde.
Daran zweifle ich nicht. Aber wie meinst Du das?

Nora.
Sprich leise. Bedenk, wenn Torvald es hörte! Um keinen Preis der Welt darf er –; niemand darf es erfahren, außer Dir niemand, Christine.

Frau Linde.
Was ist es denn nur?

Nora.
Komm her.*(Zieht sie neben sich auf das Sofa.)* Ja, Du, – ich habe auch etwas, das mich stolz und glücklich macht:*ich* habe Torvald das Leben gerettet

Frau Linde.
Gerettet –? Wieso gerettet?

Nora.
Ich habe Dir doch von der Reise nach Italien erzählt. Wenn Torvald nicht dorthin gekommen wäre, so wäre er draufgegangen.

Frau Linde.
Na ja, Dein Vater hat Euch ja die nötigen Mittel gegeben –

Nora *(lächelt.)*
Ja, das glaubt Torvald, und das glauben alle andern; aber –

Frau Linde.
Aber –?

Nora.
Papa hat uns keinen Heller gegeben.*Ich* habe das Geld geschafft.

Frau Linde.
Du? Die ganze große Summe?

Nora.
Zwölfhundert Taler. Viertausendachthundert Kronen. Was sagst Du nun?

Frau Linde.
Ja aber, Nora, wie war Dir das möglich? Hattest Du in der Lotterie gewonnen?

Nora *(verächtlich.)*
In der Lotterie?*(Geringschätzig.)* Was wäre denn das für eine Kunst gewesen?

Frau Linde.
Wo hast Du es denn herbekommen?

Nora *(trällert und lächelt geheimnisvoll.)*
Hm, tralalala!

Frau Linde.
Borgen konntest Du es Dir doch nicht?

Nora.
So? Warum denn nicht?

Frau Linde.
Nein, eine Frau kann ohne die Einwilligung ihres Gatten kein Darlehn aufnehmen.

Nora *(wirft den Kopf zurück.)*
So –? Wenn es eine Frau ist, die einige Geschäftskenntnis hat –, eine Frau, die sich klug zu benehmen weiß, – dann –

Frau Linde.
Aber, Nora, ich verstehe kein Wort –

Nora.
Ist auch gar nicht nötig. Es ist ja gar nicht gesagt, daß ich mir das Geld*geborgt* habe. Ich kann es mir ja auf andere Weise verschafft haben.*(Wirft sich ins Sofa zurück.)* Ich kann es ja von irgend einem Verehrer bekommen haben. Wenn man leidlich hübsch aussieht, wie ich –

Frau Linde.
Du bist eine Närrin.

Nora.
Jetzt bist Du gewiß grenzenlos neugierig, Christine.

Frau Linde.
Hör' mal an, liebe Nora, – hast Du auch keine Unbesonnenheit begangen?

Nora *(richtet sich wieder auf.)*
Ist es eine Unbesonnenheit, seinem Mann das Leben zu retten?

Frau Linde.
Ich finde, es war eine Unbesonnenheit, daß Du ohne sein Wissen –

Nora.
Aber er durfte ja doch nichts wissen! Herrgott, kannst Du denn das nicht begreifen? Er durfte nicht einmal wissen, wie schlimm es um ihn stand. Zu*mir* kamen die Ärzte und sagten, es wäre Gefahr für sein Leben, und nur ein Aufenthalt im Süden könnte ihn retten. Meinst Du denn, ich hätte nicht zunächst auf andere Weise versucht, aus der Verlegenheit zu kommen? Ich sprach mit ihm darüber, wie nett ich es finden würde, mal wie andere junge Frauen ins Ausland reisen zu können. Ich weinte und ich flehte; ich sagte ihm, er sollte doch daran denken, in welchen Umständen ich mich befände, er sollte doch gut sein und mir nachgeben, und dann deutete ich an, er könnte ja wohl

ein Darlehn aufnehmen. Aber da wurde er beinahe böse, Christine. Er sagte, ich wäre leichtsinnig, und es wäre seine Pflicht als Ehemann, meinen Mucken und Launen – so nannte er es, glaube ich – nicht nachzugeben. Nun wohl, dachte ich bei mir, gerettet mußt Du werden; und da verfiel ich auf diesen Ausweg –

Frau Linde.
Hat Dein Mann denn nicht von Deinem Vater erfahren, daß das Geld nicht von ihm kam?

Nora.
Nein, niemals. Papa starb gerade in jenen Tagen. Ich hatte vor, ihn in die Sache einzuweihen und ihn zu bitten, daß er nichts verriete. Weil er nun aber so krank darniederlag –. Leider wurde es nicht mehr nötig.

Frau Linde.
Und später hast Du Dich Deinem Manne nie anvertraut?

Nora.
Nein, um des Himmelswillen, was fällt Dir ein? Ihn, der in diesen Dingen so streng ist! Und außerdem – Torvald mit seinem männlichen Selbstgefühl, – wie peinlich und demütigend wäre ihm das Bewußtsein, mir etwas zu verdanken. Das würde unser gegenseitiges Verhältnis vollständig verschieben. Unser schönes, glückliches Heim wäre nicht mehr, was es jetzt ist.

Frau Linde.
Wirst Du es ihm niemals sagen?

Nora *(nachdenklich, mit halbem Lächeln.)*
Doch, – vielleicht später einmal; – nach vielen Jahren, wenn ich nicht mehr so hübsch bin wie jetzt. Du darfst darüber nicht lachen. Ich meine ja nur: wenn Torvald sich nicht mehr so viel aus mir macht wie jetzt; wenn es ihm keine Freude mehr gewährt, daß ich ihm etwas vortanze und mich verkleide und deklamiere. Dann ist es vielleicht gut, etwas in der Reserve zu haben – .*(Abbrechend.)* Ach Unsinn, Unsinn, Unsinn!*Die* Zeit kommt nie. – Na, aber was sagst Du zu meinem großen Geheimnis, Christine? Tauge ich nicht doch zu etwas? – Du darfst mir übrigens glauben, die Sache hat mir viel Kummer bereitet. Es ist mir wahrhaftig nicht leicht geworden, meinen Verpflichtungen immer zur rechten Zeit nachzukommen. Du mußt nämlich wissen, im Geschäftsleben gibt es etwas, das man Quartalszinsen nennt, und noch etwas, das Abzahlung heißt; und die Gelder sind immer so entsetzlich schwer zu

beschaffen. Da habe ich denn an allen Ecken und Enden sparen müssen, wo ich nur konnte, siehst Du. Vom Wirtschaftsgelde konnte ich so gut wie nichts erübrigen, denn Torvald mußte ja gut leben. Die Kinder konnte ich doch auch nicht in schlechter Kleidung umhergehen lassen; was ich für sie bekam, dachte ich, das müßte ich auch für sie verbrauchen. Die süßen, herzigen Kleinen!

Frau Linde.
Da mußten denn wohl Deine eigenen Bedürfnisse herhalten, arme Nora?

Nora.
Ja, natürlich. Ich war ja auch die Nächste dazu. Jedesmal, wenn Torvald mir Geld zu neuen Kleidern und dergleichen gab, verwandte ich nie mehr als die Hälfte darauf; ich kaufte stets vom Billigsten und Einfachsten. Ein wahres Glück, daß mir alles so gut steht, und Torvald also nichts merkte. Manchmal ist es mir aber recht schwer geworden, Christine, denn es ist doch himmlisch, fein gekleidet zu gehen. Nicht wahr?

Frau Linde.
Ja, freilich.

Nora.
Na, und dann hatte ich ja auch noch andere Einnahmequellen. Im vorigen Winter hatte ich das Glück, eine Menge Schreibarbeit zu bekommen. Da schloß ich mich ein und schrieb jeden Abend bis tief in die Nacht hinein. Ach, zuweilen war ich so müde, so müde. Aber es war trotzdem riesig unterhaltend, so zu arbeiten und Geld zu verdienen. Ich kam mir beinahe wie ein Mann vor.

Frau Linde.
Wie viel hast Du denn nun auf die Weise abzahlen können?

Nora.
Ja, das kann ich nicht so genau sagen. Weißt Du, es ist sehr schwierig, sich in solchen Geschäften zurecht zu finden. Ich weiß bloß, daß ich bezahlt habe, was ich nur zusammenkratzen konnte. Gar manches Mal habe ich mir keinen Rat gewußt.*(Lächelt.)* Dann saß ich da und stellte mir vor, es hätte sich ein reicher, alter Herr in mich verliebt –

Frau Linde.
Wie? Was für ein Herr?

Nora.
Ach Unsinn! – und daß er stürbe, und als man sein Testament öffnete, stand mit großen Buchstaben darin: "Alle meine Gelder sollen der liebenswürdigen Frau Nora Helmer sofort bar ausbezahlt werden."

Frau Linde.
Aber liebe Nora, – was war das für ein Herr?

Nora.
Herrgott, begreifst Du denn nicht? Der alte Herr existierte ja gar nicht; das habe ich mir ja nur vorphantasiert – immer und immer wieder, wenn ich nicht aus noch ein wußte, um Geld zu beschaffen. Aber das ist nun alles eins; der alte langweilige Mensch kann meinetwegen bleiben, wo er ist; ich mache mir weder aus ihm noch aus seinem Testament etwas, denn jetzt bin ich die Sorgen los.*(Springt auf.)* Gott, o Gott, Christine, es ist doch ein himmlischer Gedanke! Sorgenfrei! Sorgenfrei zu sein, ganz sorgenfrei; mit den Kindern spielen und sich tummeln zu können; es hübsch und nett im Hause zu haben, ganz so, wie Torvald es liebt! Und denk, nun kommt bald der Frühling mit seinem weiten, blauen Himmel! Vielleicht können wir dann eine kleine Reise machen. Und ich darf vielleicht das Meer wiedersehen! Ach ja, ja! Wie wunderbar, zu leben und glücklich zu sein!

(Man hört die Glocke im Vorzimmer.)

Frau Linde *(steht auf.)*
Es klingelt; es ist vielleicht das beste, ich gehe.

Nora.
Nein, bleib nur; zu mir kommt gewiß kein Besuch; es wird wohl jemand zu Torvald –

Hausmädchen *(in der Vorzimmertür.)*
Verzeihung, gnädige Frau; – da ist ein Herr, – der den Herrn Advokaten sprechen will.

Nora.
– – den Herrn*Bankdirektor,* meinst Du wohl.

Hausmädchen.
Ja, den Herrn Bankdirektor; ich wußte aber nicht recht, – weil doch der Herr Doktor drin ist –

Nora.
Wer ist der Herr?

Krogstad *(in der Vorzimmertür.)*
Ich bin's, gnädige Frau.

(Frau Linde stutzt, fährt zusammem und wendet sich dem Fenster zu.)

Nora *(geht ihm einen Schritt entgegen, gespannt, mit halber Stimme.)*
Sie? Was soll das heißen? Über was haben Sie mit meinem Mann zu reden?

Krogstad.
Über Bankangelegenheiten; – sozusagen. Ich habe einen kleinen Posten an der Aktienbank, und wie ich höre, wird Ihr Mann jetzt unser Chef –

Nora.
Es sind also –

Krogstad.
– nur trockene Geschäfte, gnädige Frau; absolut nichts andres.

Nora.
Ja, dann haben Sie wohl die Güte, sich ins Bureau zu bemühen.*(Grüßt gleichgültig, indem sie die Tür zum Vorzimmer schließt; darauf geht sie an den Ofen und sieht nach dem Feuer.)*

Frau Linde.
Nora, – wer war der Mann?

Nora.
Das war ein gewisser Krogstad.

Frau Linde.
Er war es also wirklich.

Nora.
Kennst Du den Menschen?

Frau Linde.
Ich habe ihn gekannt – es ist sehr lange her. Er war eine Zeitlang Vertreter des Rechtsanwalts in unserer Gegend.

Nora.
Ganz richtig.

Frau Linde.
Wie er sich verändert hat.

Nora.
Er ist wohl sehr unglücklich verheiratet gewesen.

Frau Linde.
Jetzt ist er ja Witwer.

Nora.
Mit vielen Kindern. – So – nun brennt das Feuer.*(Sie schließt die Ofentür und schiebt den Schaukelstuhl ein wenig beiseite.)*

Frau Linde.
Es heißt, er betreibe mancherlei Art Geschäfte?

Nora.
So? Das kann schon sein! Ich weiß es wirklich nicht –. Aber laß uns nicht an Geschäfte denken. Das ist so öde.

*(**Doktor Rank** kommt aus Helmers Zimmer.)*

Doktor Rank *(noch in der Tür.)*
Nein, nein, lieber Freund, ich mag nicht stören; ich will lieber ein bißchen zu Deiner Frau hineingehen.*(Schließt die Tür hinter sich und bemerkt Frau Linde.)* O, – ich bitte um Vergebung; hier stör' ich am Ende auch?

Nora.
Durchaus nicht.*(Stellt vor.)* Doktor Rank – Frau Linde.

Rank.
Ah! Ein Name, der hier im Hause oft genannt wird. Ich glaube, ich ging auf der Treppe an Ihnen vorbei, als ich kam.

Frau Linde.
Ja, ich steige Treppen sehr langsam; ich kann es nicht gut vertragen.

Rank.
Aha! Ein kleiner innerer Schaden?

Frau Linde.
Eigentlich mehr eine Überanstrengung.

Rank.
Sonst nichts? Dann sind Sie wohl in die Stadt gekommen, um sich bei den vielen Fêten ein wenig zu erholen?

Frau Linde.
Ich bin gekommen, um Arbeit zu suchen.

Rank.
Ist Arbeit ein probates Mittel gegen Überanstrengung?

Frau Linde.
Man muß leben, Herr Doktor.

Rank.
Ja, es ist eine weit verbreitete Ansicht, daß das eine Notwendigkeit wäre.

Nora.
Na, na, Doktor, – Sie wollen doch auch gern leben.

Rank.
Allerdings will ich das. Bin ich auch elend dran, so möchte ich doch, daß die Qual noch möglichst lange dauere. Meinen Patienten geht es allen ebenso. Und mit den sittlich Bresthaften ist es nicht anders. In diesem Augenblick ist gerade solch ein moralischer Lazarus bei Helmer drin –

Frau Linde *(mit gedämpfter Stimme.)*
Ah!

Nora.
Wen meinen Sie?

Rank.
Ach, es ist ein Anwalt Krogstad, – Sie kennen den Menschen nicht. Der ist verdorben in den Wurzeln des Charakters, verehrte Frau. Aber selbst*der* fing an, davon zu schwätzen, wie von einer hochwichtigen Sache: daß er*leben* müsse.

Nora.
So? – Was hatte er denn mit Torvald zu reden?

Rank.
Ich weiß wahrhaftig nicht; ich habe nur gehört, daß es die Aktienbank betraf.

Nora.
Ich wußte nicht, daß Krog –, daß dieser Herr Krogstad etwas mit der Aktienbank zu schaffen hätte.

Rank.
O freilich, – er hat dort so eine Art Anstellung.*(Zu Frau Linde.)* Ich weiß nicht, ob Sie in Ihrer Gegend da auch solche Leute haben, die überall atemlos umherrennen, um moralische Fäulnis aufzuspüren und dann die Betreffenden für irgend eine vorteilhafte Stellung in Vorschlag zu bringen. Die Gesunden müssen sich dann hübsch darein finden, das Nachsehen zu haben.

Frau Linde.
Nun, aber eigentlich haben doch auch die Kranken das größte Anrecht darauf, sichergestellt zu werden.

Rank *(zuckt die Achseln.)*
Na, da haben wir's. Gerade*die* Anschauung macht die menschliche Gesellschaft zu einem Krankenhause.

(Nora, die in ihre eigenen Gedanken versunken war, bricht in ein halblautes Gelächter aus und klatscht in die Hände.)

Rank.
Weshalb lachen Sie über so was? Wissen Sie denn überhaupt, was die Gesellschaft ist?

Nora.
Was kümmert mich die dumme Gesellschaft?! Ich lache über ganz etwas anderes, – etwas ungeheuer Komisches. – Sagen Sie mal, Doktor, – werden nun alle, die bei der Aktienbank angestellt sind, von Torvald abhängig?

Rank.
Das finden Sie so ungeheuer komisch?

Nora *(lächelt und trällert.)*
Lassen Sie mich nur, lassen Sie mich nur!*(Spaziert im Zimmer auf und ab.)* Ach, der Gedanke, daß wir – daß Torvald so großen Einfluß auf so viele Menschen hat, ist wirklich über alle Maßen ergötzlich.*(Zieht die Tüte aus der Tasche.)* Doktor, ein Makronchen gefällig?

Rank.
Ei sieh mal, Makronen. Ich glaubte, das wäre hier Kontrebande.

Nora.
Ja gewiß, – aber*die* hat mir Christine geschenkt.

Frau Linde.
Wie? – Ich? –

Nora.
Na, na, na; erschrick nur nicht. Du konntest ja nicht wissen, daß Torvald das verboten hat. Du mußt nämlich wissen, er hat Angst, daß ich schlechte Zähne davon kriege. Ach was! Einmal ist keinmal! – Nicht wahr, Doktor? Hier, bitte!*(Steckt ihm eine Makrone in den Mund.)* Und Du auch, Christine. Und ich kriege auch eine; nur eine ganz kleine – oder höchstens zwei.*(Geht wieder umher.)* Ja, jetzt bin ich wirklich über die Maßen glücklich. Nun gibt es nur noch eins auf der Welt, wozu ich eine riesige Lust hätte.

Rank.
Na, und das wäre?

Nora.
Ich möchte so riesig gern etwas sagen, und Torvald müßte es hören.

Rank.
Und warum sagen Sie es denn nicht?

Nora.
Nein, ich darf nicht; es ist gar so garstig.

Frau Linde.
Garstig?

Rank.
Ja, dann ist es wohl nicht ratsam. Aber zu uns können Sie doch –. Na, was möchten Sie denn so gern sagen, daß Torvald es hörte?

Nora.
Ich möchte so riesig gern sagen: Himmelkreuzdonnerwetter!

Rank.
Sind Sie verdreht?

Frau Linde.
Aber, Nora –!

Rank.
Sagen Sie's doch. Da ist er.

Nora *(versteckt die Makronentüte.)*
Pst! Pst! Pst!

*(**Helmer** kommt, den Überzieher über dem Arm und den Hut in der Hand, aus seinem Zimmer.)*

Nora *(geht ihm entgegen.)*
Na, lieber Torvald, bist Du ihn los?

Helmer.
Ja, er ist weg.

Nora.
Darf ich Dich vorstellen –: das ist Christine; sie ist heute angekommen.

Helmer.
Christine –? Entschuldigen Sie, aber ich weiß nicht –

Nora.
Frau Linde, lieber Torvald, – Frau Christine Linde.

Helmer.
Ah so. Vermutlich eine Jugendfreundin meiner Frau?

Frau Linde.
Ja, wir kennen uns von früher.

Nora.
Und denk nur, sie hat die weite Reise hierher gemacht, um mit Dir zu sprechen.

Helmer.
Wieso –?

Frau Linde.
Das gerade nicht –

Nora.
Christine ist nämlich außerordentlich geschickt in Bureauarbeiten. Und nun möchte sie so furchtbar gern unter die Leitung eines tüchtigen Mannes kommen und noch mehr lernen, als sie schon kann –

Helmer.
Sehr vernünftig, Frau Linde.

Nora.
Und als sie nun hörte, daß Du Bankdirektor geworden bist – der Telegraph hatte es verkündet – ist sie so schnell wie möglich hergereist und –. Nicht wahr, Torvald, mir zuliebe kannst Du schon ein wenig für Christine tun? Was?

Helmer.
Je nun, das wäre gar nicht so unmöglich. Vermutlich sind Sie Witwe?

Frau Linde.
Ja.

Helmer.
Und haben Sie Übung in Kontorarbeiten?

Frau Linde.
Ja, so ziemlich.

Helmer.
Na, dann ist es sehr wahrscheinlich, daß ich Ihnen eine Anstellung verschaffen kann –

Nora *(klatscht in die Hände.)*
Siehst Du wohl, siehst Du wohl?

Helmer.
Sie haben gerade einen günstigen Augenblick getroffen, Frau Linde –

Frau Linde.
Wie soll ich Ihnen danken –?

Helmer.
Ist durchaus nicht nötig.*(Zieht den Überzieher an.)* Für heute müssen Sie mich aber entschuldigen.

Rank.
Wart', ich gehe mit.*(Holt seinen Pelz aus dem Vorzimmer und wärmt ihn am Ofen.)*

Nora.
Bleib nicht zu lange aus, lieber Torvald.

Helmer.
Nur ein Stündchen, länger nicht.

Nora.
Gehst Du auch, Christine?

Frau Linde *(zieht ihren Mantel an.)* Ja, ich muß nun fort und mich nach einem Zimmer umsehen.

Helmer.
Dann können wir vielleicht zusammen die Straße hinunter gehen.

Nora *(hilft ihr.)*
Wie dumm, daß wir so beschränkt wohnen; aber es ist uns unmöglich, Dir –

Frau Linde.
Wo denkst Du hin! Adieu, liebe Nora, und Dank für alles.

Nora.
Auf Wiedersehen! Heut abend kommst Du selbstverständlich. Und Sie auch, Doktor. Was? Wenn Sie wohl genug sind? Natürlich sind Sie wohl genug. Packen Sie sich nur recht gut ein.

(Im allgemeinen Gespräch gehen sie in das Vorzimmer; auf der Treppe hört man Kinderstimmen.)

Nora.
Da sind sie, da sind sie!*(Sie läuft hin und öffnet.)*

(***Anne-Marie*** *kommt mit den Kindern.)*

Nora.
Herein, nur herein!*(Beugt sich nieder und küßt sie.)* Ihr süßen, einzigen –! Schau sie an, Christine! Sind sie nicht reizend?

Rank.
Keine Unterhaltung hier in der Zugluft.

Helmer.
Kommen Sie, Frau Linde. Nun ist's hier nicht mehr auszuhalten für Leute, die keine Mütter sind!

(Rank, Helmer und Frau Linde gehen die Treppe hinunter, die Kinderfrau geht mit den Kindern ins Zimmer. Nora ebenfalls, indem sie die Tür zum Vorzimmer schließt.)

Nora.
Wie frisch und fröhlich Ihr ausseht. Und die roten Backen, die Ihr mitbringt. Wie Äpfel und Rosen.*(Die Kinder sprechen während des Folgenden durcheinander mit ihr.)* Habt Ihr Euch gut unterhalten? Das ist ja herrlich. Ach – Du hast Emmy und Bob Schlitten gefahren? – Denk mal an! Ja, Du bist ein fixer Kerl, Ivar. Gib sie mir ein bißchen, Anne-Marie. Mein süßes, kleines Puppenkind!*(Nimmt der Kinderfrau das Kleinste ab und tanzt mit ihm.)* Ja, ja! Mama wird mit Bob auch tanzen. Was? Ihr habt Euch geschneeballt? Oh, da hätte ich mit dabei sein mögen! Laß nur, ich will sie selbst ausziehen, Anne-Marie. Laß mich doch; ich tu's so gerne. Geh so lange in die Kinderstube. Du siehst so verfroren aus. Auf dem Ofen steht heißer Kaffee für Dich.

(Die Kinderfrau geht in das Zimmer zur Linken. Nora nimmt den Kindern die Mäntel und Hüte ab und wirft alles umher; inzwischen läßt sie sie durcheinander reden.)

Nora.
Ach was! Ein großer Hund ist Euch nachgelaufen? Aber gebissen hat er Euch nicht? Nein, solche kleine nette Püppchen beißen die Hunde nicht. Nicht in die Pakete gucken, Ivar! Was das ist? Ja, wenn Ihr*das* wüßtet! Ach nein, nein, da ist etwas Garstiges drin. So? Spielen möchtet Ihr? Was wollen wir spielen? Verstecken. Ja. Spielen wir Verstecken. Bob soll sich zuerst verstecken. Ich? Na ja, dann verstecke ich mich zuerst.

(Sie und die Kinder spielen unter Jubel und Lachen im Zimmer und in dem anstoßenden Raume zur Rechten. Zuletzt versteckt Nora sich unter dem Tisch. Die Kinder stürmen herein, suchen, können sie aber nicht finden. Dann hören sie ihr unterdrücktes Lachen, stürzen an den Tisch, heben die Decke auf und sehen sie. Stürmischer Jubel. Sie kriecht hervor, als wolle sie sie schrecken. Neuer Jubel. Inzwischen hat es an der Eingangstür geklopft; niemand hat es beachtet. Jetzt wird die Tür halb geöffnet und ***Krogstad*** *wird sichtbar. Er wartet ein wenig; das Spiel nimmt seinen Fortgang.)*

Krogstad.
Entschuldigen Sie, Frau Helmer –

Nora *(mit einem unterdrückten Schrei, dreht sich um und springt halb in die Höhe.)*
Ah! Was wollen Sie?

Krogstad.
Entschuldigen Sie; – die Stiegentür war nur angelehnt; es muß jemand vergessen haben, sie zuzumachen.

Nora *(steht auf.)*
Mein Mann ist nicht zu Hause, Herr Krogstad.

Krogstad.
Das weiß ich.

Nora.
So – was wollen Sie denn hier?

Krogstad.
Ein Wort mit Ihnen reden.

Nora.
Mit –*(Leise zu den Kindern.)* Geht hinein zu Anne-Marie. Was? Nein, der fremde Herr will Mama nichts zu leide tun. Wenn er fort ist, spielen wir weiter.*(Sie führt die Kinder in das Zimmer links und schließt die Tür hinter ihnen.)*

Nora *(unruhig, gespannt.)*
Sie wollen mit mir sprechen?

Krogstad.
Allerdings.

Nora.
Heut – aber es ist doch noch nicht der Erste?

Krogstad.
Nein, heut ist Heiligabend. Von Ihnen selbst wird es abhängen, welche Bescherung Sie haben werden!

Nora.
Was wollen Sie? Heut kann ich absolut nicht –

Krogstad.
Davon reden wir vorläufig nicht. Es handelt sich um etwas andres. Sie haben doch wohl einen Augenblick Zeit?

Nora.
O ja, gewiß, Zeit habe ich wohl, obgleich –

Krogstad.
Gut. Ich saß im Restaurant Olsen und sah Ihren Mann über die Straße gehen –

Nora.
Jawohl.

Krogstad.
– mit einer Dame.

Nora.
Und was weiter?

Krogstad.
Darf ich mir die Frage erlauben: war die Dame eine Frau Linde?

Nora.
Ja.

Krogstad.
Sie ist noch nicht lange hier?

Nora.
Seit heute.

Krogstad.
Sie ist wohl eine gute Freundin von Ihnen?

Nora.
Ja, das ist sie. Aber ich verstehe nicht – –

Krogstad.
Ich war auch einmal mit ihr bekannt.

Nora.
Das weiß ich.

Krogstad.
So? Sie wissen also von der Sache? Dacht' es mir wohl. Darf ich Sie also kurz und bündig fragen: wird Frau Linde bei der Aktienbank angestellt werden?

Nora.
Herr Krogstad, wie können Sie sich erlauben,*mich* auszuforschen?! Sie, ein Untergebener meines Mannes? Aber da Sie einmal fragen, so sollen Sie es auch wissen: jawohl, Frau Linde wird angestellt werden. Und ich selbst habe mich ihrer Sache angenommen, Herr Krogstad. Nun wissen Sie es.

Krogstad.
Ich habe also richtig vermutet.

Nora *(geht im Zimmer auf und ab.)*
Mein Gott, man hat doch auch sein bißchen Einfluß! Weil man eine Frau ist, so ist damit noch lange nicht gesagt, daß –. Wenn man eine subalterne Stellung einnimmt, Herr Krogstad, so sollte man sich wirklich hüten, einen vor den Kopf zu stoßen, der – hm –

Krogstad.
– der Einfluß hat?

Nora.
Allerdings!

Krogstad *(mit verändertem Ton.)*
Frau Helmer, wollen Sie die Güte haben, Ihren Einfluß zu meinen Gunsten aufzubieten?

Nora.
Wie? Was meinen Sie damit?

Krogstad.
Wollen Sie gütigst dafür sorgen, daß ich meine subalterne Stellung bei der Bank behalte?

Nora.
Was heißt das? Wer will Ihnen denn Ihre Stellung nehmen?

Krogstad.
Ach, mir gegenüber brauchen Sie nicht die Ahnungslose zu spielen. Es leuchtet mir sehr wohl ein, daß es Ihrer Freundin nicht angenehm sein kann, sich einem

Zusammentreffen mit mir auszusetzen, und ich begreife jetzt auch, wem ich es zu danken habe, daß man mich wegjagen will.

Nora.
Aber ich versichere Ihnen –

Krogstad.
Ja, ja, ja, – kurz und gut: noch ist es Zeit, und ich rate Ihnen, Ihren Einfluß aufzubieten, um das zu verhindern.

Nora.
Aber, Herr Krogstad, ich*habe* gar keinen Einfluß.

Krogstad.
Nicht? Ich glaubte doch eben, aus Ihrem eigenen Munde –

Nora.
Das war natürlich nicht so zu verstehen.*Ich!* Wie können Sie nur glauben, daß ich einen solchen Einfluß auf meinen Mann habe?!

Krogstad.
Ach, ich kenne Ihren Mann aus den Studententagen. Ich halte den Herrn Bankdirektor für nicht fester als andere Ehemänner.

Nora.
Wenn Sie mit Geringschätzung von meinem Manne reden, so weise ich Ihnen die Tür.

Krogstad.
Sie sind mutig, gnädige Frau.

Nora.
Ich habe vor Ihnen keine Angst mehr. Bald nach Neujahr werde ich aus der ganzen Geschichte heraus sein.

Krogstad *(beherrscht sich wieder.)*
Hören Sie mich jetzt an, gnädige Frau. Im Notfalle werde ich auf Tod und Leben kämpfen, um meinen kleinen Posten an der Bank zu behalten.

Nora.
Es sieht in der Tat so aus.

Krogstad.
Nicht wegen des Einkommens allein! Darum ist mir doch am wenigsten zu tun. Es handelt sich um etwas andres –. Na ja, – ich muß heraus mit der Sprache! Sehen Sie, – es ist folgendes. Ihnen ist es gewiß so wie aller Welt bekannt, daß ich mir vor etlichen Jahren habe eine Unbesonnenheit zu Schulden kommen lassen.

Nora.
Ich glaube, so etwas gehört zu haben.

Krogstad.
Die Sache kam nicht vor Gericht. Aber von dem Augenblick an waren mir mit einem Mal alle Wege wie versperrt. Nun warf ich mich auf die Geschäfte, die Sie ja kennen. Irgend etwas mußte ich doch beginnen, und ich darf wohl sagen, ich war keiner von den Schlimmsten. Jetzt aber muß ich aus der ganzen Geschichte heraus. Meine Söhne wachsen heran; um ihretwillen muß ich versuchen, mir so viel bürgerliche Achtung wie möglich wieder zu erringen. Der Posten bei der Bank war sozusagen die erste Stufe für mich. Und nun will Ihr Mann mich mit einem Fußtritt von der Treppe hinunterstoßen, so daß ich wieder in den Schmutz zu liegen komme.

Nora.
Aber um Gottes willen, Herr Krogstad, es liegt absolut nicht in meiner Macht, Ihnen zu helfen.

Krogstad.
Weil Sie nicht den guten*Willen* haben. Ich habe aber Mittel, Sie zu zwingen.

Nora.
Sie wollen meinem Manne doch wohl nicht sagen, daß ich Ihnen Geld schuldig bin?

Krogstad.
Hm – und wenn ich es ihm nun sagte?

Nora.
Das wäre schändlich von Ihnen.*(Die Tränen sind ihr nahe.)* Dieses Geheimnis, das meine Freude und mein Stolz ist –, er sollte es auf so häßliche und plumpe Art erfahren? Von*Ihnen* es erfahren? Sie würden mich den schrecklichsten Unannehmlichkeiten aussetzen –

Krogstad.
Nur Unannehmlichkeiten?

Nora *(heftig.)*
Aber tun Sie es nur! Sie selbst werden den größten Schaden davon haben; dann wird mein Mann erst sehen, was für ein schlechter Mensch Sie sind. Und Sie werden Ihren Posten erst recht nicht behalten!

Krogstad.
Ich fragte, ob Sie nur*häusliche* Unannehmlichkeiten befürchten?

Nora.
Erfährt mein Mann davon, so wird er die Restsumme natürlich sofort bezahlen. Und dann haben wir nichts mehr mit Ihnen zu schaffen.

Krogstad *(einen Schritt näher.)*
Hören Sie, Frau Helmer; – entweder haben Sie kein gutes Gedächtnis, oder Sie haben keine Ahnung von Geschäften. Ich muß Ihnen die Sache wohl etwas gründlicher auseinandersetzen.

Nora.
Wie das?

Krogstad.
Als Ihr Mann krank war, kamen Sie zu mir, um zwölfhundert Taler zu leihen.

Nora.
Ich habe sonst niemand gewußt.

Krogstad.
Ich versprach, Ihnen das Geld zu verschaffen –

Nora.
Sie haben es mir ja auch verschafft.

Krogstad.
Ich versprach, Ihnen die Summe unter gewissen Bedingungen zu verschaffen. Sie waren damals von der Krankheit Ihres Mannes so in Anspruch genommen und so eifrig darauf aus, das Reisegeld zu bekommen, daß Sie für alle Nebenumstände wohl keine Gedanken hatten. Es ist daher sehr angebracht, Sie daran zu erinnern. Nun denn, – ich versprach, Ihnen das Geld gegen einen Schuldschein zu verschaffen, den ich aufsetzte.

Nora.
Und den ich unterschrieben habe.

Krogstad.
Gut. Aber dem fügte ich unten noch einige Zeilen hinzu, worin Ihr Vater die Bürgschaft für die Schuld übernahm. Diese Zeilen sollte Ihr Vater unterschreiben.

Nora.
Sollte –? Er*hat* ja unterschrieben.

Krogstad.
Ich hatte das Datum in blanko gelassen; das heißt, Ihr Vater selbst sollte den Tag angeben, an dem er das Papier unterschrieb. Erinnern Sie sich, gnädige Frau?

Nora.
Ja, ich glaube wohl –

Krogstad.
Darauf übergab ich Ihnen den Schuldschein, damit Sie ihn mit der Post an Ihren Vater schickten. War das nicht so?

Nora.
Ja.

Krogstad.
Und das haben Sie natürlich auch sofort getan, denn schon nach fünf oder sechs Tagen brachten Sie mir das Papier mit der Unterschrift Ihres Vaters zurück. Darauf bekamen Sie den Betrag ausgezahlt.

Nora.
Nun ja. Habe ich denn nicht prompt abbezahlt?

Krogstad.
So ziemlich. Aber – um auf das zurückzukommen, wovon wir gesprochen haben, – das war damals wohl eine schwere Zeit für Sie, gnädige Frau.

Nora.
Ja, das war es.

Krogstad.
Ihr Vater lag gewiß sehr krank darnieder?

Nora.
Er lag in den letzten Zügen.

Krogstad.
Und er starb kurz darauf?

Nora.
Ja.

Krogstad.
Sagen Sie mir, Frau Helmer, wissen Sie zufällig noch den Todestag Ihres Vaters? Das Datum, meine ich?

Nora.
Papa starb am 29. September.

Krogstad.
Ganz richtig. Ich habe mich danach erkundigt. Und deshalb kann ich mir einen sonderbaren Umstand –*(zieht ein Papier hervor)* – ganz und gar nicht erklären.

Nora.
Was für einen sonderbaren Umstand? Ich weiß nicht –

Krogstad.
Den sonderbaren Umstand, gnädige Frau, daß Ihr Vater diesen Schuldschein drei Tage nach seinem Tode unterschrieben hat.

Nora.
Wie? Ich verstehe nicht –

Krogstad.
Ihr Vater starb am 29. September. Nun sehen Sie her, – hier datiert die Unterschrift Ihres Vaters vom 2. Oktober. Ist das nicht sonderbar, gnädige Frau?

Nora *(schweigt.)*

Krogstad.
Können Sie mir das erklären?

Nora *(schweigt noch immer.)*

Krogstad.
Auffallend ist auch, daß die Worte "2. Oktober" und die Jahreszahl nicht die

Handschrift Ihres Vaters zeigen, vielmehr eine Handschrift, die mir bekannt vorkommt. Na, das läßt sich ja erklären. Ihr Vater kann vergessen haben, seine Unterschrift zu datieren, und dann mag irgend ein anderer das Datum aufs Geratewohl hingesetzt haben, bevor man noch von dem Todesfall wußte. Dabei ist auch nichts Schlimmes. Auf die Namensunterschrift kommt es an, und*die* ist doch echt, Frau Helmer? Ihr Vater hat doch in eigener Person seinen Namen hier hingeschrieben?

Nora *(nach kurzer Pause, – wirft den Kopf zurück und sieht ihn trotzig an.)*
Nein, dem ist nicht so:*ich* habe Papas Namen unterschrieben.

Krogstad.
Ei, gnädige Frau – wissen Sie auch, daß das ein gefährliches Geständnis ist?

Nora.
Weshalb? Sie werden Ihr Geld bald bekommen.

Krogstad.
Erlauben Sie mir eine Frage, – weshalb haben Sie Ihrem Vater nicht das Dokument geschickt?

Nora.
Es war unmöglich. Papa lag ja krank. Wenn ich ihn um seine Unterschrift gebeten hätte, so hätte ich ihm auch sagen müssen, zu welchem Zweck ich das Geld brauchte. Aber so einem Schwerkranken konnte ich doch nicht sagen, daß Gefahr für meines Mannes Leben sei? Das war ganz unmöglich.

Krogstad.
Dann wäre es besser für Sie gewesen, Sie hätten die Reise ins Ausland aufgegeben.

Nora.
Nein, das war unmöglich. Die Reise sollte meinem Manne das Leben retten, – *die* konnt' ich nicht aufgeben.

Krogstad.
Aber haben Sie denn nicht bedacht, daß Sie mich damit betrogen?

Nora.
Darauf konnte ich*gar* keine Rücksicht nehmen. Sie gingen mich absolut nichts an. Ich konnte Sie nicht ausstehen, weil Sie so herzlos waren und so viele

Schwierigkeiten machten, obgleich Sie wußten, wie gefährlich es um meinen Mann stand.

Krogstad.
Frau Helmer – wessen Sie sich eigentlich schuldig gemacht haben, davon haben Sie offenbar keine klare Vorstellung. Aber ich kann Ihnen sagen: das, was ich einst begangen habe, und was meine ganze bürgerliche Stellung untergraben hat, ist nichts Größeres und nichts Schlimmeres gewesen.

Nora.
Sie? Sie wollen mir einreden, daß Sie etwas Tapferes unternommen hätten, um Ihrer Frau das Leben zu retten?

Krogstad.
Die Gesetze fragen nicht nach Beweggründen.

Nora.
Dann müssen das sehr schlechte Gesetze sein.

Krogstad.
Schlecht oder nicht, – wenn ich dies Stück Papier dem Gericht vorlege, so werden Sie nach den Gesetzen verurteilt.

Nora.
Das glaube ich nun und nimmermehr! Eine Tochter sollte nicht das Recht haben, ihrem alten, todkranken Vater Angst und Kummer zu ersparen? Eine Frau sollte nicht das Recht haben, ihrem Manne das Leben zu retten? Ich kenne die Gesetze nicht so genau, aber ich bin überzeugt, irgendwo muß darin stehen, daß so etwas erlaubt ist. Und darüber wissen Sie nicht Bescheid, Sie, ein Anwalt? Sie müssen ein schlechter Jurist sein, Herr Krogstad.

Krogstad.
Mag sein. Aber nicht wahr, auf Geschäfte, – auf solche Geschäfte, wie*wir* sie miteinander haben, auf*die* verstehe ich mich doch wohl? Gut. Tun Sie jetzt, was Ihnen beliebt. Aber*das* sage ich Ihnen: werde ich zum zweiten Male ausgestoßen, so sollen Sie mir Gesellschaft leisten.*(Er grüßt und geht durchs Vorzimmer ab.)*

Nora *(eine Weile nachdenklich, wirft dann den Kopf in den Nacken.)*
Ach was! – Er will mir Angst machen! So einfältig bin ich denn doch nicht.*(Fängt an, die Mäntel der Kinder zusammenzulegen, hält bald damit*

inne.) Aber –? – – Nein, das ist ja doch unmöglich! Ich habe es doch aus Liebe getan.

Die Kinder *(links in der Tür.)*
Mama, eben ist der fremde Mann aus dem Haus gegangen.

Nora.
Ja, ja, ich weiß. Aber sagt keinem etwas von dem fremden Mann. Hört Ihr? Auch nicht Papa.

Die Kinder.
Nein, Mama. Willst Du jetzt wieder mit uns spielen?

Nora.
Nein, nein, nicht jetzt.

Die Kinder.
Aber Mama, Du hast es doch versprochen!

Nora.
Ja, aber ich kann jetzt nicht! Geht hinein, ich habe zu viel zu tun. Hinein, hinein mit Euch, meine lieben, süßen Kinder.*(Sie nötigt sie liebevoll in das anstoßende Zimmer, schließt die Tür hinter ihnen und setzt sich aufs Sofa; sie nimmt eine Stickerei und macht einige Stiche, hält jedoch bald wieder inne.)* Nein!*(Wirft die Stickerei hin, steht auf, geht an die Vorzimmertür und ruft hinaus:)* Helene! Den Tannenbaum!*(Geht links an den Tisch und öffnet die Schieblade, hält wieder inne.)* Nein, – aber das ist ja ganz unmöglich!

Hausmädchen *(mit dem Tannenbaum.)*
Wo soll er hin, gnädige Frau?

Nora.
Dorthin, mitten ins Zimmer.

Hausmädchen.
Soll ich sonst noch etwas bringen?

Nora.
Nein, danke, ich habe alles, was ich brauche.*(Das Mädchen hat den Baum hingestellt und geht wieder hinaus. Nora beginnt den Baum zu putzen.)* Hier kommen Lichter hin, – und da Blumen. – Der abscheuliche Mensch! Unsinn! Unsinn! Unsinn! Es ist alles in Ordnung. Der Weihnachtsbaum soll schön

werden. Alles will ich tun, was Dir Freude macht, Torvald; – ich will Dir etwas vorsingen, – vortanzen –

Helmer *(kommt, einen Stoß Schriftstücke unter dem Arm, von draußen.)*

Nora.
Ah, – kommst Du schon wieder?

Helmer.
Ja. Ist wer hier gewesen?

Nora.
Hier? Nein.

Helmer.
Sonderbar! Ich sah, wie Krogstad das Haus verließ.

Nora.
So –? Ach richtig, Krogstad – der war einen Augenblick hier.

Helmer.
Nora, ich sehe Dir's an: er ist hier gewesen und hat Dich gebeten, ein gutes Wort für ihn einzulegen.

Nora.
Ja.

Helmer.
Und das solltest Du wie aus eigenem Antriebe tun. Du solltest mir verschweigen, daß er hier gewesen war. Hat er Dich nicht auch darum gebeten?

Nora.
Ja, Torvald; aber –

Helmer.
Nora, Nora, und*darauf* konntest Du Dich einlassen? Mit einem solchen Menschen eine Unterhaltung führen und ihm noch Versprechungen machen? Und mir obendrein die Unwahrheit sagen!

Nora.
Die Unwahrheit –?

Helmer.
Sagtest Du nicht, es wäre niemand hier gewesen?*(Droht mit dem Finger.)* Das

darf mein Singvögelchen nie wieder tun. Ein Singvogel darf nur mit reinem Schnäbelchen zwitschern, – keine falschen Töne!*(Faßt sie um die Taille.)* Muß es nicht so sein? Ja – ich wußte es wohl.*(Läßt sie los.)* Und nun nichts mehr davon.*(Setzt sich vor den Ofen.)* Ah, wie warm und gemütlich es hier ist.*(Blättert in den Papieren.)*

Nora *(mit dem Tannenbaum beschäftigt, nach kurzer Pause.)*
Torvald!

Helmer.
Ja?!

Nora.
Ich freue mich grenzenlos auf den Kostümball übermorgen bei Stenborgs.

Helmer.
Und ich bin grenzenlos neugierig, womit Du mich überraschen wirst.

Nora.
Ach, es ist zu dumm!

Helmer.
Was?

Nora.
Mir fällt gar nichts Ordentliches ein; es ist alles so albern, so nichtssagend.

Helmer.
Ist Norachen zu*der* Erkenntnis gekommen?

Nora *(hinter seinem Stuhl, die Arme auf der Stuhllehne.)*
Hast Du sehr viel zu tun, Torvald?

Helmer.
Ach –

Nora.
Was sind das für Papiere?

Helmer.
Bankangelegenheiten.

Nora.
Schon?

Helmer.
Ich habe mir von der abtretenden Direktion Vollmacht geben lassen, die nötigen Veränderungen im Personal und im Geschäftsplan vornehmen zu dürfen. Dazu muß ich die Weihnachtswoche benutzen. Ich will bis Neujahr alles in Ordnung haben.

Nora.
Deshalb also war der arme Krogstad –

Helmer.
Hm.

Nora *(lehnt sich noch immer auf die Stuhllehne, kraut ihn langsam im Nackenhaar.)*
Wenn Du nicht so viel zu tun hättest, so würde ich Dich um einen*sehr* großen Gefallen bitten, Torvald.

Helmer.
Laß hören. Was sollte das sein?

Nora.
Keiner hat ja einen so feinen Geschmack wie Du. Nun möchte ich gern recht hübsch aussehen auf dem Kostümball. Torvald, kannst Du mir nicht helfen und bestimmen, als was ich gehen, und wie mein Anzug gemacht sein soll?

Helmer.
Aha, der kleine Eigensinn ist auf der Suche nach einem rettenden Engel?

Nora.
Ja, Torvald, ohne Deinen Beistand bringe ich es nicht fertig.

Helmer.
Na schön; ich werde mir die Sache überlegen; wir werden schon etwas ausfindig machen.

Nora.
Ach, das ist reizend von Dir.*(Geht wieder an den Weihnachtsbaum; Pause.)* Wie hübsch die roten Blumen sich machen. – Sag' einmal, ist das wirklich so schlimm, was dieser Krogstad verbrochen hat?

Helmer.
Er hat Unterschriften gefälscht. Hast Du einen Begriff davon, was das heißen will?

Nora.
Kann er es nicht aus Not getan haben?

Helmer.
Ja, oder – wie so mancher andere – aus Leichtsinn. Ich bin nicht so herzlos, daß ich einen Menschen um einer solchen vereinzelten Handlung willen unbedingt verurteilen würde.

Nora.
Nein, – nicht wahr, Torvald?

Helmer.
Manch einer kann sich moralisch wieder aufrichten, wenn er sein Vergehen offen bekennt und seine Strafe abbüßt.

Nora.
Strafe –?

Helmer.
Den Weg aber hat Krogstad nicht betreten. Mit Kniffen und Schlichen schwindelte er sich durch; und eben*das* hat ihn moralisch ruiniert.

Nora.
Glaubst Du, daß –?

Helmer.
Nun denke Dir, wie solch ein schuldbewußter Mensch nach allen Seiten hin lügen und heucheln und sich verstellen muß; wie er vor seinen Allernächsten, ja selbst vor seiner eigenen Frau und seinen Kindern eine Maske tragen muß. Vor den*Kindern,* Nora, das ist gerade das Entsetzlichste.

Nora.
Weshalb?

Helmer.
Weil ein solcher Dunstkreis von Lüge in die ganze Familie Ansteckungs- und Krankheitsstoff bringt. Jeder Atemzug, den die Kinder in einem solchen Hause tun, ist erfüllt von Keimen irgend einer bösen Tat.

Nora *(näher hinter ihm.)*
Bist Du dessen sicher?

Helmer.
Mein Schatz, das habe ich als Advokat oft genug erfahren. Fast alle früh verdorbenen Menschen haben lügenhafte Mütter gehabt.

Nora.
Warum gerade – Mütter?

Helmer.
Am häufigsten kommt es von den Müttern her. Aber Väter wirken natürlich in derselben Richtung. Das ist jedem Juristen sehr wohl bekannt. Und doch ist dieser Krogstad Jahre hindurch imstande gewesen, seine eigenen Kinder durch Lüge und Verstellung zu vergiften; und *deshalb* nenne ich ihn moralisch verkommen. *(Streckt ihr die Hände entgegen.)* Darum muß meine herzige kleine Nora mir versprechen, nicht seine Partei zu ergreifen. Hand darauf? Nun, nun. Was ist das? Gib mir die Hand. So. Abgemacht also. Ich versichere Dir, es wäre mir unmöglich, mit ihm zusammen zu arbeiten. Mich überkommt in der Nähe solcher Menschen buchstäblich ein körperliches Unbehagen.

Nora *(entzieht ihm ihre Hand und geht an die andere Seite des Tannenbaums hinüber.)*
Wie heiß es hier ist. Und ich habe so viel zu tun.

Helmer *(steht auf und nimmt seine Papiere zusammen.)*
Ja, ich muß auch vor Tisch hiervon noch einiges durchlesen. Und auch an Dein Kostüm muß ich denken. Vielleicht habe ich sogar etwas auf Lager, das man in Goldpapier an den Weihnachtsbaum hängen könnte. *(Legt die Hand auf ihren Kopf.)* O, Du mein geliebtes Singvögelchen! *(Er geht in sein Zimmer und schließt die Tür hinter sich.)*

Nora *(leise, nach kurzer Pause.)*
Ach was! Es *kann* nicht sein. Es ist unmöglich. Es muß unmöglich sein.

Kinderfrau *(links in der Tür.)*
Die Kleinen bitten so schön, zur Mama herein zu dürfen.

Nora.
Nein, nein, nein! Nicht zu mir herein! Bleib Du bei ihnen, Anne-Marie.

Kinderfrau.
Ja, ja, gnädige Frau. *(Schließt die Tür.)*

Nora *(bleich vor Schrecken.)*
Ich meine Kleinen verderben –! Das Heim vergiften? *(Kurze Pause; hebt den Kopf.)* Das ist nicht wahr. Das ist in alle Ewigkeit nicht wahr!

ZWEITER AKT

(Dasselbe Zimmer. Oben in der Ecke beim Klavier steht der Weihnachtsbaum, geplündert, zerzaust und mit herabgebrannten Lichtern; Noras Hut und Mantel liegen auf dem Sofa.)

*(**Nora** ist allein im Zimmer, sie geht unruhig auf und ab; schließlich bleibt sie am Sofa stehen und nimmt ihren Mantel.)*

Nora *(läßt den Mantel wieder fallen.)*
Da ist wer!*(Geht an die Tür, lauscht.)* Nein, – niemand. Natürlich – heut am ersten Weihnachtstag kommt niemand, – und morgen auch nicht. – Aber vielleicht –*(Öffnet die Tür und sieht hinaus.)* Nein, nichts im Briefkasten. Ganz leer.*(Geht durchs Zimmer.)* Ach Unsinn! Er macht natürlich nicht ernst! So etwas*kann* doch nicht geschehen. Es ist unmöglich. Ich habe ja drei kleine Kinder.

*(Die **Kinderfrau** kommt mit einer großen Pappschachtel aus dem Zimmer links.)*

Kinderfrau.
Endlich habe ich die Schachtel mit dem Maskenanzug gefunden.

Nora.
Schön. Stell' sie auf den Tisch

Kinderfrau *(tut es.)*
Er ist aber arg in Unordnung.

Nora.
Wenn ich ihn nur in hunderttausend Stücke zerreißen könnte!

Kinderfrau.
Aber nein! Man kann ihn sehr gut wieder herrichten; nur ein bißchen Geduld!

Nora.
Ja, ich will hin und Frau Linde holen, daß sie mir hilft.

Kinderfrau.
Schon wieder aus? In diesem garstigen Wetter? Frau Nora, Sie werden sich erkälten, – krank werden.

Nora.
Das wäre noch nicht das Schlimmste. – Was machen die Kinder?

Kinderfrau.
Die armen Würmerchen spielen mit ihren Weihnachtsgeschenken. Aber –

Nora.
Fragen Sie oft nach mir?

Kinderfrau.
Sie sind ja so daran gewöhnt, immer ihre Mama um sich zu haben.

Nora.
Ja aber, Anne-Marie, in Zukunft kann ich nicht mehr so viel mit ihnen zusammen sein wie bisher.

Kinderfrau.
Na, kleine Kinder gewöhnen sich ja an alles.

Nora.
Glaubst Du? Meinst Du, sie würden ihre Mama vergessen, wenn ich ganz wegginge?

Kinderfrau.
Behüte –, ganz weg!

Nora.
Du, Anne-Marie, sag' mir, – ich habe so oft darüber nachgedacht, – wie hast Du es übers Herz bringen können, Dein Kind zu fremden Leuten zu tun?

Kinderfrau.
Aber das mußte ich ja, wenn ich die Amme der kleinen Nora werden wollte!

Nora.
Ja, daß Du das aber*wolltest?*

Kinderfrau.
Wenn ich doch eine so gute Stelle kriegen konnte. Ein armes Mädchen, das ins Unglück gekommen ist, muß doch noch froh sein. Denn der schlechte Mensch hat ja nichts für mich getan.

Nora.
Aber Deine Tochter hat Dich doch gewiß vergessen?

Kinderfrau.
Ach nein, das hat sie nicht. Sie hat mir geschrieben, als sie konfirmiert wurde, und auch, als sie heiratete.

Nora *(umarmt sie.)*
Du alte Anne-Marie! Du bist mir eine so gute Mutter gewesen, als ich klein war!

Kinderfrau.
Die arme kleine Nora hatte ja keine andere Mutter als mich.

Nora.
Und wenn meine Kleinen nun keine andere mehr hätten, so weiß ich wohl, daß Du auch ihnen – Unsinn, Unsinn, Unsinn!*(Öffnet die Pappschachtel.)* Geh hinein zu ihnen. Ich muß jetzt – Du sollst sehen, wie schön ich mich morgen mache.

Kinderfrau.
Ja, auf dem ganzen Ball wird gewiß keine so schön sein, wie Frau Nora.*(Links ab.)*

Nora *(beginnt die Schachtel auszupacken, wirft das Ganze aber bald wieder hin.)*
Ach, dürft' ich nur ausgehen! Wenn nur keiner kommt. Wenn hier zu Hause inzwischem nur nichts passiert. Ach Unsinn. Wer soll denn kommen?! Nur nicht daran denken. Jetzt wird der Muff abgebürstet. Schöne Handschuhe. Schöne Handschuhe. Nimm's leicht! Nimm's leicht! Eins – zwei – drei – vier – fünf – sechs –*(schreit auf.)* Ach, da kommen sie –*(will nach der Tür, bleibt unentschlossen stehen.)*

(***Frau Linde*** *kommt aus dem Vorzimmer, wo sie Hut und Mantel abgelegt hat.)*

Nora.
Ach, Du bist es, Christine. Sonst ist wohl niemand draußen? – Wie gut, daß Du da bist.

Frau Linde.
Ich höre, Du warst bei mir oben und hast nach mir gefragt.

Nora.
Ja, ich ging gerade vorüber. Du mußt mir bei etwas helfen. Setzen wir uns aufs Sofa. Also höre! Morgen ist oben beim Konsul Stenborg ein Kostümball, und da will Torvald, daß ich als neapolitanisches Fischermädchen gehen und die Tarantella tanzen soll, denn die habe ich auf Capri gelernt.

Frau Linde.
Sieh mal an, Du wirst also eine förmliche Vorstellung geben?

Nora.
Ja. Torvald meint, ich sollte es. Sieh, da ist das Kostüm. Torvald hat es mir in Italien machen lassen; aber jetzt ist alles so zerknüllt, daß ich gar nicht weiß –

Frau Linde.
Das wollen wir schon wieder in Ordnung bringen; der Besatz ist ja nur losgegangen an einigen Stellen. Hast Du Nadel und Faden? So, – da ist ja alles, was wir brauchen.

Nora.
O, wie lieb das von Dir ist.

Frau Linde.*(Näht.)*
Also morgen wirst Du in Kostüm sein? Weißt Du was, Nora, – dann komme ich auf einen Augenblick her, um Dich in Deinem Staat zu sehen. Aber ich habe ja ganz vergessen, Dir für den gemütlichen Abend gestern zu danken.

Nora *(steht auf und geht im Zimmer auf und ab.)*
Ach, gestern fand ich es hier nicht so gemütlich wie sonst. – Du hättest früher in die Stadt kommen sollen, Christine. – Ja, Torvald versteht es wirklich, ein nettes und feines Haus zu machen.

Frau Linde.
Und Du nicht minder, sollte ich meinen. Umsonst bist Du doch nicht die Tochter Deines Vaters. Aber sag' mir, ist der Herr Doktor Rank immer so verstimmt wie gestern?

Nora.
Nein, – gestern war es sehr auffallend. Übrigens hat er eine sehr gefährliche Krankheit. Der Ärmste hat die Rückenmarkschwindsucht. Du mußt nämlich

wissen, sein Vater war ein ganz widerwärtiger Mensch, der sich Weiber hielt, und so weiter –; und daher, verstehst Du wohl, war der Sohn von Kindheit an schon krank.

Frau Linde *(läßt die Näharbeit in den Schoß fallen.)*
Aber liebste, beste Nora, woher weißt Du solche Sachen?

Nora *(spaziert hin und her.)*
Pah, – wenn man drei Kinder hat, so bekommt man zuweilen Besuch von – von Frauen, die so gewissermaßen halbe Doktoren sind; und die erzählen einem ja dies und das.

Frau Linde *(näht wieder; kurze Pause.)*
Kommt Herr Doktor Rank täglich zu Euch ins Haus?

Nora.
Jeden lieben Tag. Er ist ja Torvalds bester Jugendfreund. Und mein guter Freund ist er auch. Der Doktor gehört sozusagen zur Familie.

Frau Linde.
Aber sag' mir mal: ist der Mann ganz aufrichtig? Ich meine, sagt er den Leuten nicht gern Komplimente?

Nora.
Ganz im Gegenteil. Wie kommst Du darauf?

Frau Linde.
Als Du mich ihm gestern vorstelltest, versicherte er, daß er meinen Namen hier im Hause oft gehört habe. Doch später merkte ich, daß Dein Mann keine Ahnung hatte, wer ich eigentlich bin. Wie konnte denn Herr Rank –?

Nora.
Ja, das ist ganz richtig, Christine. Torvald hat mich so unbeschreiblich lieb, und deshalb will er mich ganz allein für sich haben, wie er sagt. In der ersten Zeit wurde er fast eifersüchtig, wenn ich die lieben Menschen zu Hause auch nur erwähnte. Da unterließ ich es natürlich. Aber mit dem Doktor spreche ich oft von so etwas; denn siehst Du, er hört das gern mit an.

Frau Linde.
Hör' mal, Nora, in vielen Dingen bist Du noch ein Kind. Ich bin ja manches Jahr älter als Du und habe etwas mehr Erfahrung. Ich will Dir etwas sagen: trachte der Geschichte mit dem Doktor Rank ein Ende zu machen.

Nora.
Ein Ende zu machen – welcher Geschichte?

Frau Linde.
Na, überhaupt, meine ich. Gestern plappertest Du von einem reichen Anbeter, der Dir Geld verschaffen sollte –

Nora.
Ja, von einem, der gar nicht existiert, – leider. Was weiter?

Frau Linde.
Hat Doktor Rank Vermögen?

Nora.
Ja, das hat er.

Frau Linde.
Und niemand, für den er zu sorgen hat?

Nora.
Niemand. Aber –?

Frau Linde.
Und er kommt täglich zu Euch ins Haus?

Nora.
Du hörst es ja.

Frau Linde.
Wie kann dieser feine Mann nur so aufdringlich sein?

Nora.
Ich verstehe Dich absolut nicht.

Frau Linde.
Verstell' Dich nicht, Nora. Glaubst Du etwa, ich erriete nicht, von wem Du die zwölfhundert Taler geborgt hast?

Nora.
Bist Du ganz von Sinnen? Wie kannst Du so etwas glauben? Ein Freund unsres Hauses, der uns jeden einzigen Tag besucht. – Welch eine fürchterlich peinliche Lage wäre das!

Frau Linde.
Also er ist es wirklich nicht?

Nora.
Nein, wahrhaftig nicht. Auch nicht einen Augenblick ist mir der Gedanke gekommen –. Damals hatte er auch noch gar kein Geld zum Verleihen; er hat erst später geerbt.

Frau Linde.
Na, ich glaube, das war ein Glück für Dich, meine liebe Nora.

Nora.
Nein; den Doktor zu bitten, – das konnte mir doch nie im Leben einfallen –. Übrigens bin ich fest überzeugt, wenn ich ihn bäte, so –

Frau Linde.
Das wirst Du natürlich nicht tun.

Nora.
Natürlich nicht. Ich kann nicht glauben, kann mir nicht denken, daß es nötig würde. Aber ich bin ganz sicher: wenn ich mit dem Doktor spräche, so –

Frau Linde.
Hinter Deines Mannes Rücken?

Nora.
Ich muß heraus aus der andern Geschichte, – das geschieht auch hinter seinem Rücken. Ich*muß* heraus aus dieser Geschichte.

Frau Linde.
Ja, ja, das sagte ich gestern schon; aber –

Nora *(geht auf und ab.)*
Ein Mann kann dergleichen viel besser in Ordnung bringen als ein Frauenzimmer –

Frau Linde.
Der eigene Mann, ja.

Nora.
Unsinn!*(Bleibt stehen.)* Wenn man alles bezahlt, was man schuldig ist, so bekommt man doch seinen Schuldschein wieder?

Frau Linde.
Ja, das versteht sich.

Nora.
– und darf ihn in hunderttausend Stücke reißen und ihn verbrennen, – das ekelhafte, dreckige Papier!

Frau Linde *(sieht sie fest an, legt das Nähzeug hin und steht langsam auf.)*
Nora, Du verheimlichst mir etwas.

Nora.
Kannst Du mir das ansehen?

Frau Linde.
Seit gestern morgen ist Dir etwas passiert. Nora, was ist es?

Nora *(tritt zu ihr.)*
Christine!*(Horcht.)* Still! Da kommt Torvald nach Hause. Da – geh inzwischen zu den Kindern hinein. Torvald kann die Schneiderei nicht leiden. Laß Dir von Anne-Marie helfen.

Frau Linde *(sucht einen Teil der Sachen zusammen.)*
Ja, – doch ich gehe nicht weg von hier, bevor wir nicht offen miteinander gesprochen haben.*(Sie geht links ab; in demselben Augenblick tritt **Helmer** vom Vorzimmer herein.)*

Nora *(geht ihm entgegen.)*
Ach, wie habe ich Dich erwartet, lieber Torvald.

Helmer.
War das die Schneiderin –?

Nora.
Nein, – es war Christine; sie hilft mir mein Kostüm aufarbeiten. Paß nur auf, wie hübsch ich aussehen werde.

Helmer.
War das nicht ein glücklicher Einfall von mir?

Nora.
Ein prächtiger Einfall! Doch es ist auch nett von mir, daß ich Dir den Gefallen tue!

Helmer *(faßt sie unters Kinn.)*
Nett, – weil Du Deinem Manne den Gefallen tust? Na, na, Du kleiner Wildfang, ich weiß schon, Du hast es nicht so gemeint. Aber ich will Dich nicht stören; Du wirst vermutlich anprobieren müssen.

Nora.
Und Du mußt wohl arbeiten?

Helmer.
Ja.*(Zeigt ihr einen Stoß Papiere.)* Sieh mal her, ich war in der Bank –*(Will in sein Zimmer gehen.)*

Nora.
Torvald!

Helmer *(bleibt stehen.)*
Ja.

Nora.
Wenn Dein Eichhörnchen Dich nun so recht schön und innig um etwas bäte –?

Helmer.
Was denn?

Nora.
Würdest Du es dann tun?

Helmer.
Zuerst muß ich doch wissen, um was es sich handelt.

Nora.
Das Eichhörnchen würde umherspringen und Kapriolen machen, wenn Du lieb und nachgiebig wärest.

Helmer.
Also heraus damit!

Nora.
Die Lerche würde laut und leise durch alle Zimmer zwitschern –

Helmer.
Ach was, das tut meine Lerche auch so.

Nora.
Ich würde wie die Elfen im Mondenschein spielen und vor Dir tanzen, Torvald.

Helmer.
Nora, – es handelt sich doch wohl nicht um das, worauf Du heut morgen schon angespielt hast?

Nora *(dringender.)*
Ja, Torvald, – ich bitte Dich so herzlich!

Helmer.
Du hast wirklich den Mut, noch einmal auf die Sache zurückzukommen?

Nora.
Ja, ja, Du*mußt* mir den Gefallen tun. Du*mußt* Krogstad seinen Posten an der Bank lassen.

Helmer.
Meine liebe Nora, seine Stelle habe ich für Frau Linde bestimmt.

Nora.
Das ist unendlich gut von Dir. Aber Du brauchst ja nur einen anderen Komptoiristen an Krogstads Stelle zu entlassen.

Helmer.
Das ist mir doch ein unglaublicher Eigensinn! Weil Du das leichtsinnige Versprechen gegeben hast, ein gutes Wort für ihn einzulegen, sollte ich –!

Nora.
Nicht deshalb, Torvald. Um Deiner selbst willen. Dieser Mensch schreibt ja für die schmutzigsten Zeitungen; Du selber hast mir das gesagt. Er kann Dir unsäglich viel Schaden tun. Ich habe eine Todesangst vor ihm – –

Helmer.
Aha, ich verstehe, – alte Erinnerungen schrecken Dich.

Nora.
Was meinst Du damit?

Helmer.
Du denkst natürlich an Deinen Vater!

Nora.
Ja, jawohl. Erinnere Dich nur, wie boshafte Menschen über Papa in die Zeitungen schrieben, und wie greulich sie ihn verleumdeten. Ich glaube, sie hätten es dahin gebracht, daß man ihn absetzte, wenn die Regierung Dich nicht hingeschickt hätte, um die Sache zu untersuchen. Und wenn Du ihn nicht so wohlwollend und nachsichtig behandelt hättest.

Helmer.
Meine kleine Nora, zwischen Deinem Vater und mir ist ein bedeutender Unterschied. Dein Vater war als Beamter nicht unantastbar. Doch ich bin es. Und ich hoffe es auch zu bleiben, solange ich in meiner Stellung bin.

Nora.
Ach, man kann nie wissen, worauf böse Menschen verfallen. Jetzt könnten wir so nett, so ruhig und so glücklich in unserm friedlichen, von Sorgen verschonten Heim leben, – Du und ich und die Kinder, Torvald!*Deshalb* bitte ich Dich inständig –

Helmer.
Und gerade durch Deine Fürbitte machst Du es mir unmöglich, ihn zu behalten. Es ist in der Bank schon bekannt geworden, daß ich Krogstad kündigen will. Wenn es nun hieße, der neue Direktor hätte sich von seiner Frau umstimmen lassen –

Nora.
Nun, was dann –?

Helmer.
Na natürlich, – wenn mein kleiner Eigensinn nur seinen Willen bekommt –. Lächerlich würde ich mich machen, vor dem ganzen Personal, – würde die Leute auf den Gedanken bringen, daß ich von allen möglichen fremden Einflüssen abhängig sei. Glaub' nur, ich würde die Folgen bald zu spüren haben! Und außerdem, – es gibt noch einen Umstand, der Krogstad ganz unmöglich bei der Bank macht, solange ich Direktor bin.

Nora.
Und der wäre?

Helmer.
Seine moralischen Mängel hätte ich im Notfall noch übersehen können –

Nora.
Ja, nicht wahr, Torvald?

Helmer.
Ich höre auch, daß er ganz brauchbar sein soll. Aber er ist ein Jugendbekannter von mir. Das ist so eine jener übereilten Bekanntschaften, die einen später im Leben so oft genieren. Ich kann es Dir ja offen gestehen: wir duzen uns. Und dieser taktlose Mensch macht durchaus kein Hehl daraus, wenn andere zugegen sind. Im Gegenteil, – er glaubt, daß ihn das zu einem familiären Ton mir gegenüber berechtigt; und so spielt er jeden Augenblick seinen Trumpf aus, mit seinem: Du, Du Helmer. Ich versichere Dir, das berührt mich im höchsten Grade peinlich. Er würde mir meine Stellung bei der Bank unerträglich machen.

Nora.
Torvald, das alles kann nicht Dein Ernst sein.

Helmer.
So? Weshalb nicht?

Nora.
Nein, – denn das da sind nur kleinliche Rücksichten.

Helmer.
Was sagst Du da? Kleinliche Rücksichten? Du hältst mich für kleinlich?

Nora.
Im Gegenteil, lieber Torvald. Und gerade deshalb –

Helmer.
Gleichviel; Du nennst meine Beweggründe kleinlich; dann muß ich wohl auch kleinlich sein. Kleinlich! Sieh mal an! Na wahrhaftig, dem soll ein Ende gemacht werden.*(Geht an die Tür des Vorzimmers und ruft:)* Helene!

Nora.
Was willst Du?

Helmer *(sucht zwischen den Papieren.)*
Schluß will ich machen!*(Das* ***Hausmädchen*** *tritt ein.)* Da, nehmen Sie den Brief und gehen Sie gleich damit hinunter. Lassen Sie ihn durch einen Dienstmann besorgen. Aber schnell! Die Adresse steht drauf. Da ist Geld.

Hausmädchen.
Schön.*(Mit dem Brief ab. Helmer legt die Papiere zusammen.)*

Helmer.
So, mein kleiner Trotzkopf.

Nora *(atemlos.)*
Torvald, – was war das für ein Brief?

Helmer.
Krogstads Kündigung.

Nora.
Nimm ihn zurück, Torvald! Noch ist es Zeit. Ach, Torvald, nimm ihn zurück, tu's mir zuliebe; – Dir zuliebe, den Kindern zuliebe! Hörst Du, Torvald, tu es. Du weißt nicht, was diese Kündigung über uns alle bringen kann.

Helmer.
Zu spät.

Nora.
Ja, – zu spät.

Helmer.
Liebe Nora, ich verzeihe Dir diese Angst, obgleich sie eigentlich eine Beleidigung für mich ist. Ja, das ist sie! Oder ist es vielleicht keine Beleidigung, wenn Du glaubst, daß*ich* die Rache eines verkommenen Winkelschreibers zu fürchten hätte? Aber ich verzeihe Dir trotzdem, weil Du mir damit ein so schönes Zeugnis Deiner großen Liebe gibst.*(Schließt sie in seine Arme.)* Es muß nun einmal sein, meine heißgeliebte Nora. Mag da geschehen, was will. Glaub' mir, wenn es drauf ankommt, habe ich Mut und Kraft. Du sollst sehen, ich bin der Mann, der alles auf sich nimmt.

Nora *(schreckensstarr.)*
Was meinst Du damit?

Helmer.
Alles, sage ich –

Nora *(gefaßt.)*
Das sollst Du nie und nimmermehr.

Helmer.
Gut; dann teilen wir, Nora, – als Mann und Frau. Es ist, wie es sein soll.*(Liebkost sie.)* Bist Du jetzt zufrieden? So – so – so –; nicht diese erschrockenen Taubenaugen. Das alles ist ja nichts andres als leere Einbildungen. – Du solltest jetzt die Tarantella noch einmal durchspielen und Dich auf dem Tamburin üben. Ich setze mich in das mittlere Bureau und schließe die Zwischentür, dann höre ich nichts; Du kannst so viel Lärm machen, wie Du willst.*(Dreht sich in der Tür um.)* Und wenn Rank kommt, so sag' ihm, wo ich zu finden bin.*(Er nickt ihr zu, geht mit seinen Papieren in sein Zimmer und schließt die Tür hinter sich.)*

Nora *(verwirrt vor Angst, steht wie festgewurzelt und flüstert:)*
Er wäre imstande, es zu tun. Er tut es, der ganzen Welt zum Trotz. – Nein, – Das nicht – in alle Ewigkeit nicht! Alles, nur das nicht! Rettung –! Ein Ausweg – *(Es klingelt im Vorzimmer.)* Der Doktor! – Alles, nur das nicht! Alles andere eher, – was es auch sei!

(Sie streicht sich über das Gesicht, sucht sich zu fassen und öffnet die Tür zum Vorzimmer. Draußen steht ***Doktor Rank*** *und hängt seinen Pelz an den Riegel. Während des Folgenden beginnt es zu dunkeln.)*

Nora.
Guten Tag, Doktor. Ich habe Sie am Klingeln erkannt. Aber gehen Sie doch nicht zu Torvald hinein; denn ich glaube, er ist beschäftigt.

Rank.
Und Sie?

Nora,*(indem er ins Zimmer tritt und sie die Tür hinter ihm schließt.)*
Ach, Sie wissen ganz gut, – für Sie habe ich immer etwas Zeit übrig.

Rank.
Ich danke Ihnen. Ich werde davon Gebrauch machen, solange ich noch kann.

Nora.
Was wollen Sie damit sagen? Solange Sie können?

Rank.
Na ja,*erschreckt* Sie das?

Nora.
Es ist ein so wunderlicher Ausdruck. Wird denn irgend etwas geschehen?

Rank.
Es wird*das* geschehen, worauf ich lange vorbereitet gewesen bin. Ich habe nun allerdings nicht geglaubt, daß es so bald kommen würde.

Nora *(faßt seinen Arm.)*
Über was haben Sie Gewißheit erlangt? Doktor, Sie müssen es mir sagen.

Rank *(setzt sich an den Ofen.)*
Es geht bergab mit mir. Daran ist nichts zu ändern.

Nora *(atmet erleichtert auf.)*
Sie reden von*sich* –

Rank.
Von wem sonst? Was nützt es, sich selbst zu belügen? Ich bin der elendeste von allen meinen Patienten, Frau Helmer. An diesen Tagen habe ich die Bilanz meines inneren Status gezogen. Bankerott! Noch einen Monat, und ich liege gewiß schon auf dem Kirchhof und modere.

Nora.
Pfui, wie häßlich Sie reden.

Rank.
Die Geschichte ist auch verflucht häßlich. Doch das Schlimmste ist, daß so viel andres Häßliches vorausgehen wird. Mir bleibt nur noch eine einzige Untersuchung übrig; bin ich damit fertig, so weiß ich ungefähr, wann die Auflösung beginnt. Ich möchte Ihnen etwas sagen. Helmer, mit seiner feinen Natur, hegt einen so ausgeprägten Widerwillen gegen alles, was häßlich ist. Ich will ihn nicht in meinem Krankenzimmer haben –

Nora.
Aber, Doktor –

Rank.
Ich will ihn nicht da haben. Unter keiner Bedingung. Ich verschließe ihm meine Tür. – Sobald ich volle Gewißheit über das Schlimmste habe, schicke ich Ihnen meine Visitenkarte mit einem schwarzen Kreuz darauf, und dann wissen Sie, daß die Scheußlichkeit der Zerstörung begonnen hat.

Nora.
Nein, heut sind Sie aber abgeschmackt. Und ich hätte Sie doch so gern in guter Laune gesehen!

Rank.
Mit dem Tod im Herzen? – Büßen zu müssen für die Schuld eines andern! Ist darin Gerechtigkeit? Und über jeder Familie hängt in irgend einer Art solch eine unerbittliche Vergeltung –

Nora *(hält sich die Ohren zu.)*
Unsinn! Lustig, lustig!

Rank.
Meiner Seel', die ganze Geschichte ist eigentlich auch nur zum Lachen. Mein armes unschuldiges Rückgrat muß für die lustigen Leutnantstage meines Vaters büßen.

Nora *(links am Tisch.)*
Er soll ja auf Spargel und Gänseleberpastete so erpicht gewesen sein. War's nicht so?

Rank.
Ja, auch auf Trüffeln.

Nora.
Auch auf Trüffeln. Und auf Austern auch, wenn ich nicht irre.

Rank.
Auf Austern, selbstverständlich auch auf Austern.

Nora.
Und dazu der Portwein und Champagner. Es ist traurig, daß all diese leckern Sachen sich auf die Knochen schlagen.

Rank.
Zumal wenn sie sich auf die unglücklichen Knochen schlagen, die nicht das Mindeste davon gehabt haben.

Nora.
Freilich, das ist das Allertraurigste.

Rank *(sieht sie forschend an.)*
Hm – – –

Nora *(gleich darauf.)*
Warum lächelten Sie.

Rank.
Sie lachten ja.

Nora.
Nein, Doktor,*Sie* lächelten!

Rank *(steht auf.)*
Sie sind doch ein größerer Schelm, als ich gedacht habe.

Nora.
Ich bin heut so aufgelegt zu Schelmenstreichen.

Rank.
Scheint so.

Nora *(legt beide Hände auf seine Schultern.)*
Lieber, lieber Doktor, Sie*dürfen* Torvald und mir nicht wegsterben!

Rank.
Ach,*den* Kummer würden Sie leicht verwinden. Die Heimgegangenen werden schnell vergessen.

Nora *(sieht ihn ängstlich an.)*
Glauben Sie das?

Rank.
Man schließt neue Verbindungen, und dann –

Nora.
Wer schließt neue Verbindungen?

Rank.
Das werden Sie beide tun, wenn ich weg bin. Es scheint mir, Sie sind schon auf dem besten Wege. Was sollte hier gestern abend diese Frau Linde?

Nora.
Aha, – Sie sind wohl gar eifersüchtig auf die arme Christine?

Rank.
Gewiß bin ich das. Sie wird hier im Hause meine Nachfolgerin sein. Wenn ich abgetan bin, wird dieses Frauenzimmer vielleicht –

Nora.
Pst – sprechen Sie nicht so laut. Sie ist da drin.

Rank.
Heute schon wieder? Sehen Sie wohl!

Nora.
Nur, um mein Kostüm zu nähen. Herrgott, wie abgeschmackt Sie sind.*(Setzt sich aufs Sofa.)* Seien Sie gut, Doktor. Morgen werden Sie auch sehen, wie hübsch ich tanze. Und dann müssen Sie sich vorstellen, daß ich es nur Ihnen zuliebe tue, – natürlich für Torvald auch – versteht sich.*(Nimmt verschiedene Gegenstände aus dem Karton.)* Doktor, kommen Sie, setzen Sie sich her, – ich will Ihnen was zeigen.

Rank *(setzt sich.)*
Was denn?

Nora.
Schauen Sie mal her.

Rank.
Seidene Strümpfe.

Nora.
Fleischfarbene. Sind*die* nicht wunderschön? Jetzt ist's hier so dunkel. Aber morgen – nein, nein, nein, Sie dürfen nur das Fußblatt sehen. Na, Sie können meinetwegen auch den oberen Teil sehen.

Rank.
Hm – –

Nora.
Weshalb sehen Sie so kritisch drein? Glauben Sie vielleicht, daß sie nicht passen?

Rank.
Darüber kann ich unmöglich eine begründete Ansicht haben.

Nora *(sieht ihn einen Augenblick an.)*
Pfui, schämen Sie sich!*(Schlägt ihn mit den Strümpfen leicht ums Ohr.)* So, da haben Sie was dafür!*(Packt sie wieder ein.)*

Rank.
Was kriege ich noch für Herrlichkeiten zu sehen?

Nora.
Nicht ein bißchen kriegen Sie mehr zu sehen, denn Sie sind unartig.*(Sie trällert leise und kramt zwischen den Sachen.)*

Rank *(nach kurzer Pause.)*
Wenn ich hier so in aller Vertraulichkeit mit Ihnen sitze, so begreife ich nicht, – nein, ich fasse es nicht, was aus mir geworden wäre, wenn ich Ihr Haus nie betreten hätte.

Nora *(lächelt.)*
Im Grunde fühlen Sie sich, mein' ich, auch ganz behaglich bei uns.

Rank *(leiser, sieht vor sich hin.)*
Und das alles nun verlassen zu müssen –

Nora.
Unsinn! Sie bleiben da!

Rank *(wie zuvor.)*
– und nicht einmal ein armseliges Zeichen des Dankes hinterlassen zu können; kaum ein flüchtiges Vermissen, – nur einen leeren Platz, den der erste beste ausfüllen kann.

Nora.
Und wenn ich Sie nun bäte, um –? Nein –

Rank.
Um was?

Nora.
Um einen großen Freundschaftsbeweis –

Rank.
Ja, ja!

Nora.
Nein, ich meine, – um einen riesig großen Dienst –

Rank.
Also wollen Sie mich doch wenigstens ein einziges Mal glücklich machen?

Nora.
Ach, Sie wissen ja noch gar nicht, um was es sich handelt.

Rank.
Nun gut, so sagen Sie's.

Nora.
Nein, ich kann nicht, Doktor; es ist so unerhört viel – Rat – und Beistand und ein Dienst –

Rank.
Je mehr, desto besser. Ich kann mir zwar nicht denken, was Sie meinen. Aber so sprechen Sie doch. Habe ich denn nicht Ihr Vertrauen?

Nora.
Ja, mehr als irgend ein anderer. Sie sind mein treuester und bester Freund, das weiß ich wohl. Deshalb will ich es Ihnen auch sagen. Also hören Sie, Doktor: Sie müssen mir helfen, etwas zu verhindern. Sie wissen, wie warm, wie unbeschreiblich tief Torvald mich liebt; er würde sich nicht einen Augenblick besinnen, sein Leben für mich hinzugeben.

Rank *(beugt sich zu ihr.)*
Nora, – glauben Sie denn, er wäre der einzige, der –?

Nora *(zuckt leicht zusammen.)*
Der –?

Rank.
– der sein Leben freudig für Sie hingeben würde.

Nora *(traurig.)*
Ja so.

Rank.
Ich hatte mir geschworen, Sie sollten es vor meinem Ende erfahren. Eine bessere Gelegenheit würde sich nie wieder finden. – Ja, Nora, nun wissen Sie es. Und nun wissen Sie also auch, daß Sie mir vertrauen können wie keinem andern.

Nora *(steht auf, ruhig und einfach.)*
Lassen Sie mich durch.

Rank *(macht ihr Platz, bleibt aber sitzen.)*
Nora –

Nora *(in der Tür zum Vorzimmer.)*
Helene, bringen Sie die Lampe.*(Geht an den Ofen.)* Ach, lieber Doktor, das war in der Tat abscheulich von Ihnen.

Rank *(steht auf.)*
Daß ich Sie ebenso innig geliebt habe wie ein anderer? War*das* abscheulich?

Nora.
Nein, aber daß Sie es mir*sagen.* Es war ja gar nicht nötig –

Rank.
Was soll das heißen? Haben Sie denn gewußt –?*(Das **Hausmädchen** kommt mit der Lampe, stellt sie auf den Tisch und geht wieder hinaus.)* Nora, – Frau Helmer –, ich frage Sie, haben Sie etwas gewußt?

Nora.
Ach, was weiß ich, ob ich es gewußt oder nicht gewußt habe? Ich kann es Ihnen wirklich nicht sagen –. Daß Sie nur so plump sein konnten, Doktor! Es war doch alles so schön!

Rank.
Na, wenigstens haben Sie nun Gewißheit, daß ich Ihnen mit Leib und Seele ergeben bin. Reden Sie jetzt.

Nora *(sieht ihn an.)*
Jetzt noch?

Rank.
Bitte,- darf ich erfahren, um was es sich handelt.

Nora.
Nichts sollen Sie jetzt erfahren.

Rank.
Doch, doch! So dürfen Sie mich nicht strafen. Vergönnen Sie es mir, und ich will für Sie tun, was in menschlicher Macht steht!

Nora.
Nun können Sie nichts für mich tun. – Übrigens werde ich wohl keine Hilfe nötig haben. Sie sollen sehen, es ist alles nur Einbildung. Ganz gewiß. Natürlich!*(Setzt sich in den Schaukelstuhl, sieht ihn an und lacht.)* Sie sind mir

wirklich ein netter Herr, mein lieber Doktor! Nun schämen Sie sich wohl, wo die Lampe da ist?

Rank.
Nein, eigentlich nicht! Aber ich soll wohl gehen, – für immer?

Nora.
Nein, das*dürfen* Sie denn doch nicht! Sie kommen selbstverständlich nach wie vor zu uns. Sie wissen ja, daß Torvald Sie nicht entbehren kann.

Rank.
Und Sie?

Nora.
Ach, – ich finde, es wird immer so riesig unterhaltend hier, wenn Sie kommen.

Rank.
Das gerade hat mich auf eine falsche Fährte gelockt. Sie sind mir ein Rätsel. Oftmals war es mir, als ob Sie ebenso gern mit mir zusammen wären wie mit Helmer.

Nora.
Ja, sehen Sie, es gibt Menschen, die man über alles liebt, und Menschen, mit denen man am liebsten zusammen ist.

Rank.
O ja, daran ist etwas.

Nora.
Als ich noch zu Hause war, liebte ich natürlich Papa über alles. Doch fand ich es immer außerordentlich amüsant, wenn ich mich zu den Dienstboten hinunter stehlen konnte; denn die hofmeisterten mich nie, und dann erzählten sie sich immer so vergnügliche Dinge.

Rank.
Aha,*die* habe ich also abgelöst!

Nora *(springt auf und geht zu ihm.)*
Liebster, bester Doktor, so habe ich das ja doch nicht gemeint. Aber sehen Sie, mit Torvald ist es gerade so wie mit Papa –

*(Das **Hausmädchen** kommt aus dem Vorzimmer.)*

Hausmädchen.
Gnädige Frau!*(Flüstert etwas und reicht ihr eine Karte.)*

Nora *(wirft einen Blick auf die Karte.)*
Ah!*(Steckt sie in die Tasche.)*

Rank.
Etwas Unangenehmes?

Nora.
Nein, nein, durchaus nicht; nur – mein neues Kostüm –

Rank.
Wie? Das*liegt* ja da.

Nora.
Ach ja! das! Aber es handelt sich um ein anderes; ich habe es bestellt, – Torvald darf es nicht wissen –

Rank.
Aha, das ist also das große Geheimnis!

Nora.
Ja, gewiß. Gehen Sie nur zu ihm hinein; er sitzt im mittleren Zimmer, halten Sie ihn so lange auf –

Rank.
Seien Sie unbesorgt; er soll mir nicht heraus.*(Er geht in Helmers Zimmer.)*

Nora *(zum Mädchen.)*
Und er steht in der Küche und wartet?

Hausmädchen.
Ja, er ist die Hintertreppe herauf gekommen –

Nora.
Aber hast Du ihm denn nicht gesagt, daß niemand zu Hause ist?

Hausmädchen.
Ja, aber es hat nichts genützt.

Nora.
Er wollte nicht wieder gehen?

Hausmädchen.
Nicht eher, als bis er mit der gnädigen Frau gesprochen hätte.

Nora.
So laß ihn herein, aber leise. Du darfst niemand etwas davon sagen, Helene; es ist eine Überraschung für meinen Mann.

Hausmädchen.
Ja, ja, ich verstehe schon –*(Ab.)*

Nora.
Das Entsetzliche geschieht. Es kommt trotz alledem. Nein, nein, nein, es kann nicht geschehen; es darf nicht geschehen!

(Geht und schiebt an Helmers Tür den Riegel vor. Das Hausmädchen öffnet die Vorzimmertür, läßt ***Krogstad*** *ein und schließt die Tür wieder hinter ihm. Er trägt Reisepelz, Pelzstiefel und Pelzmütze.)*

Nora *(geht auf ihn zu.)*
Sprechen Sie leise: mein Mann ist zu Hause.

Krogstad.
Na, meinetwegen.

Nora.
Was wollen Sie von mir?

Krogstad.
Mir einen Bescheid holen.

Nora.
Also schnell. Was gibt es?

Krogstad.
Sie wissen wohl, daß ich meine Kündigung bekommen habe.

Nora.
Ich konnte es nicht verhindern, Herr Krogstad. Ich habe für Ihre Sache bis zum äußersten gekämpft. Aber es hat nichts geholfen.

Krogstad.
Hat Ihr Mann so wenig Liebe zu Ihnen? Er weiß, welchen Dingen ich Sie aussetzen kann, und doch wagt er –

Nora.
Wie können Sie glauben, daß er darum weiß!

Krogstad.
Ja freilich, hab's mir schon gedacht. Es sähe meinem guten Torvald Helmer auch nicht ähnlich, soviel Mannesmut zu zeigen –

Nora.
Herr Krogstad, ich verlange Respekt vor meinem Mann.

Krogstad.
O gewiß! Allen schuldigen Respekt. Da Sie die Sache aber so ängstlich geheim halten, gnädige Frau, so darf ich wohl auch annehmen, daß Sie heut etwas besser als gestern über das unterrichtet sind, was Sie eigentlich getan haben?

Nora.
Besser, als*Sie*'s mich jemals lehren könnten!

Krogstad.
Freilich, ein so schlechter Jurist wie ich –

Nora.
Was wollen Sie von mir?

Krogstad.
Nur sehen, wie es Ihnen geht, Frau Helmer. Ich habe den ganzen Tag an Sie gedacht. Ein Geldagent, ein Winkelschreiber, ein – na, kurz und gut, so ein Mensch wie ich hat auch ein Herz sozusagen.

Nora.
So beweisen Sie es; denken Sie an meine kleinen Kinder.

Krogstad.
Haben Sie und Ihr Mann an meine Kinder gedacht? Doch, das ist ja jetzt gleichgültig! Sie brauchen die Sache nicht zu ernst zu nehmen, – das nur wollt' ich Ihnen sagen. Vorläufig werde ich meinerseits die Geschichte nicht zur Anzeige bringen.

Nora.
Nein, nicht wahr? Ich wußte es wohl.

Krogstad.
Die ganze Sache läßt sich in aller Güte ordnen; sie braucht gar nicht unter die Leute zu kommen; sie bleibt unter uns dreien.

Nora.
Mein Mann darf nie etwas davon erfahren.

Krogstad.
Wie wollen Sie das verhindern? Können Sie den Rest vielleicht bezahlen?

Nora.
Nein, im Augenblicke nicht.

Krogstad.
Oder haben Sie ein Mittel, das Geld in den nächsten Tagen zu beschaffen?

Nora.
Wenigstens keines, von dem ich Gebrauch machen will.

Krogstad.
Es würde Ihnen auch nichts genützt haben. Und wenn Sie hier mit noch so viel Bargeld in der Hand vor mir ständen, so bekämen Sie Ihren Schuldschein doch nicht zurück.

Nora.
So erklären Sie, was Sie damit anfangen wollen.

Krogstad.
Ich will ihn nur behalten, – ihn in Händen haben. Kein Unbeteiligter wird etwas davon erfahren. Wenn Sie sich also irgendwie mit einem verzweifelten Entschluß tragen sollten –

Nora.
Das tue ich.

Krogstad.
– wenn Sie beabsichtigen sollten, Haus und Familie zu verlassen –

Nora.
Das tue ich.

Krogstad.
– oder wenn Sie vielleicht noch etwas Schlimmeres vor haben sollten –

Nora.
Woher wissen Sie –?

Krogstad.
– so geben Sie den Gedanken auf.

Nora.
Woher wissen Sie, daß ich mich mit solchen Gedanken trage?

Krogstad.
Unsereins trägt sich fast immer damit – im Anfang. Auch ich habe mich damit getragen. Aber ach Du lieber Gott, ich hatte nicht den Mut –

Nora *(tonlos.)*
Ich auch nicht.

Krogstad *(erleichtert.)*
Nicht wahr? Sie haben nicht den Mut dazu, – Sie auch nicht!

Nora.
Ich habe ihn nicht; ich habe ihn nicht.

Krogstad.
Es wäre auch eine große Dummheit. Wenn nur der erste häusliche Sturm vorüber ist –. Ich habe hier in der Tasche einen Brief an Ihren Mann –

Nora.
Worin alles steht?

Krogstad.
Im Ausdruck so schonend, wie nur möglich.

Nora *(schnell.)*
Der Brief darf nicht in seine Hände kommen! Zerreißen Sie ihn, ich werde nun doch Geld zu beschaffen suchen.

Krogstad.
Entschuldigen Sie, gnädige Frau, aber ich glaube, ich hätte Ihnen soeben gesagt –

Nora.
Ach, ich meine nicht das Geld, das ich Ihnen schulde. Sagen Sie mir, welche Summe verlangen Sie von meinem Mann? Ich werde das Geld dann beschaffen.

Krogstad.
Ich verlange kein Geld von Ihrem Mann.

Nora.
Was verlangen Sie denn?

Krogstad.
Das sollen Sie erfahren. Ich will wieder auf die Beine, gnädige Frau; – ich will empor; und dabei soll Ihr Gatte mir behilflich sein. Seit anderthalb Jahren habe ich mich keiner unehrenhaften Handlung schuldig gemacht. Während dieser Zeit habe ich mit den drückendsten Verhältnissen gekämpft; ich war zufrieden, mich Schritt für Schritt wieder hinaufarbeiten zu können. Jetzt jagt man mich weg, und jetzt begnüge ich mich nicht damit, daß man mich wieder zu Gnaden annimmt, ich will empor, – sage ich Ihnen. Ich will wieder an die Bank, – will eine höhere Stellung haben; Ihr Mann soll einen Posten für mich schaffen –

Nora.
Das tut er nie und nimmermehr.

Krogstad.
Er tut es; ich kenne ihn. Er wagt nicht zu mucksen. Und wenn ich erst drin bin, mit ihm zusammen, – dann sollen Sie mal sehen! Noch ehe ein Jahr um ist, bin ich des Direktors rechte Hand. Dann wird Nils Krogstad die Aktienbank leiten, und nicht Torvald Helmer.

Nora.
Das werden Sie nicht erleben!

Krogstad.
Wollen Sie vielleicht –?

Nora.
Jetzt habe ich den Mut dazu.

Krogstad.
Ach, – Sie machen mir nicht bange. Eine feine, verwöhnte Dame, wie Sie –

Nora.
Sie sollen sehen; Sie sollen sehen!

Krogstad.
Unter das Eis vielleicht? Ins kalte pechschwarze Wasser? Um dann im Frühling ans Land zu treiben, häßlich, unkenntlich, mit ausgefallenem Haar –

Nora.
Sie machen mir nicht bange!

Krogstad.
Und Sie mir auch nicht. So was tut man nicht, Frau Helmer. Und überdies, was hätte es für einen Zweck? Ich habe ihn ja trotzdem in der Tasche.

Nora.
Dann auch noch? Wenn ich nicht mehr –?

Krogstad.
Vergessen Sie, daß Ihr guter Name auch nach Ihrem Tode von*mir* abhängt?

Nora *(steht sprachlos und sieht ihn an.)*

Krogstad.
So, nun wissen Sie, woran Sie sind. Machen Sie keine Dummheiten. Auf meinen Brief erwarte ich von Helmer Nachricht. Und vergessen Sie nicht, daß Ihr Mann selbst mich wieder auf Wege dieser Art gedrängt hat. Das werde ich ihm niemals vergeben. Leben Sie wohl, gnädige Frau!*(Ab durch das Vorzimmer.)*

Nora *(eilt nach der Vorzimmertür, öffnet sie ein wenig, horcht.)*
Er geht. Gibt den Brief nicht ab. Ach nein, nein, es wäre ja auch unmöglich.*(Öffnet die Tür weiter und weiter.)* Was ist das? Er bleibt draußen stehen. Geht nicht die Treppe hinunter. Besinnt er sich? Sollte er –?*(Es fällt ein Brief in den Briefkasten; darauf hört man Krogstads Schritte, die sich die Treppe hinunter verlieren. Mit einem unterdrückten Aufschrei läuft Nora durchs Zimmer bis an den Sofatisch; kurze Pause.)* Im Briefkasten.*(Schleicht sich scheu an die Vorzimmertür.)* Da liegt er. – Torvald, Torvald, – jetzt sind wir rettungslos verloren!

Frau Linde *(kommt mit dem Kostüm aus dem Zimmer links.)*
So, – weiter wüßte ich nichts daran zu ändern. Wollen wir es einmal anprobieren –?

Nora *(heiser und leise.)*
Christine, komm her.

Frau Linde *(wirft den Anzug aufs Sofa.)*
Was fehlt Dir? Du siehst ja ganz verstört aus.

Nora.
Komm her. Siehst Du den Brief?*Da,* – schau' hin durch die Briefkastenscheibe.

Frau Linde.
Ja, ja, ich sehe ihn.

Nora.
Der Brief ist von Krogstad –

Frau Linde.
Nora, – Krogstad hat Dir das Geld geborgt!

Nora.
Ja; und nun wird Torvald alles erfahren.

Frau Linde.
Ach glaub' mir, Nora, das ist das Beste für Euch beide.

Nora.
Du weißt noch nicht alles. Ich habe eine Unterschrift gefälscht.

Frau Linde.
Gerechter Gott –

Nora.
Eins will ich Dir nur sagen, Christine: Du mußt mein Zeuge sein.

Frau Linde.
Wieso Zeuge? Was soll ich –?

Nora.
Wenn ich den Verstand verlieren sollte – und das könnte ja leicht geschehen –

Frau Linde.
Nora!

Nora.
Oder wenn mir etwas anderes zustoßen sollte, – derart, daß ich nicht hier zur Stelle sein könnte, wenn –

Frau Linde.
Nora, Nora, Du bist ja rein wie von Sinnen!

Nora.
Wenn dann einer alles auf sich nehmen will, – die ganze Schuld, – Du verstehst –

Frau Linde.
Ja, ja. Aber wie kannst Du nur denken –?

Nora.
Dann sollst Du bezeugen, daß es nicht wahr ist, Christine. Ich bin gar nicht von Sinnen; ich habe noch meinen vollen Verstand, und ich sage Dir: kein anderer hat darum gewußt; ich allein habe*alles* getan. Vergiß das nicht.

Frau Linde.
Gewiß nicht. Aber ich verstehe das alles nicht.

Nora.
Wie solltest Du's auch verstehen können! Jetzt wird ja das*Wunderbare* geschehen!

Frau Linde.
Das Wunderbare?

Nora.
Ja, das Wunderbare. Aber es ist so fürchterlich, Christine, – es darf nicht geschehen – um keinen Preis der Welt.

Frau Linde.
Ich werde gleich zu Krogstad gehen und mit ihm reden.

Nora.
Geh nicht zu ihm! Er wird Dir ein Leids antun!

Frau Linde.
Es gab einst eine Zeit, da er mir zuliebe gern alles getan hätte, was es auch sei.

Nora.
Er?

Frau Linde.
Wo wohnt er?

Nora.
Ach, was weiß ich –? Doch, –*(greift in die Tasche)* – hier ist seine Karte. Aber der Brief, der Brief –!

Helmer *(in seinem Zimmer, klopft an die Tür.)*
Nora!

Nora *(schreit voll Angst auf.)*
Was gibt's? Was willst Du von mir?!

Helmer.
Na, na, – erschrick nur nicht. Wir können ja nicht hinein. Du hast die Tür verriegelt. Du probierst wohl an?

Nora.
Ja, ja; ich probiere an. Hübsch werde ich aussehen, Torvald.

Frau Linde *(hat die Karte gelesen.)*
Er wohnt gleich um die Ecke.

Nora.
Ja – aber es nützt doch nichts. Wir sind rettungslos verloren. Der Brief liegt ja im Kasten.

Frau Linde.
Und Dein Mann hat den Schlüssel?

Nora.
Ja, immer.

Frau Linde.
Krogstad muß seinen Brief ungelesen zurückverlangen; er muß einen Vorwand finden –

Nora.
Aber gerade um diese Zeit pflegt Torvald –

Frau Linde.
Halt ihn hin. Geh so lange zu ihm hinein. Ich bin gleich wieder da.*(Geht schnell durch das Vorzimmer ab.)*

Nora *(geht an Helmers Tür und öffnet sie.)*
Torvald!

Helmer *(im Hinterzimmer.)*
Na, darf man endlich wieder in sein eigenes Zimmer? Komm, Rank, jetzt wollen wir einmal sehen –*(In der Tür.)* Aber was ist*das?*

Nora.
Was, liebster Torvald?

Helmer.
Rank hat mich auf eine großartige Maskenszene vorbeireitet.

Rank *(in der Tür.)*
Ich habe es so verstanden, kann mich aber auch geirrt haben.

Nora.
Erst morgen darf man mich in meiner Pracht bewundern.

Helmer.
Aber, liebe Nora, wie angegriffen siehst Du aus! Hast Du zuviel geübt?

Nora.
Nein, ich habe noch gar nicht geübt.

Helmer.
Das wird aber doch nötig sein –

Nora.
Ja, das wird durchaus nötig sein, Torvald. Aber ohne Deine Hilfe kann ich nichts machen, – ich habe so gut wie alles vergessen.

Helmer.
Ach, das werden wir rasch wieder auffrischen.

Nora.
Ja, Torvald, Du mußt Dich meiner annehmen. Willst Du mir das versprechen? Ach, ich habe solche Angst. Die große Gesellschaft –. Heut abend mußt Du Dich ganz mir widmen. Nichts von Geschäften, – aber auch gar nichts. Keinen Federstrich! Wie? Nicht wahr, lieber Torvald?

Helmer.
Das verspreche ich Dir. Heut abend stehe ich ausschließlich zu Deiner Verfügung – Du kleine, hilflose Person, Du! Aber halt! Ich will doch erst –*(Geht an die Vorzimmertür.)*

Nora.
Was willst Du draußen sehen?

Helmer.
Ich will nur sehen, ob Briefe da sind.

Nora.
Nein, nein, tu's nicht, Torvald!

Helmer.
Was heißt das?

Nora.
Torvald, ich bitte Dich; – es sind keine da.

Helmer.
Laß mich doch sehen.*(Will hinaus.)*

Nora *(am Klavier, greift die ersten Takte der Tarantella.)*

Helmer *(an der Tür, bleibt stehen.)*
Aha!

Nora.
Soll ich morgen tanzen, so muß ich vorher mit Dir üben.

Helmer *(geht zu ihr.)*
Hast Du wirklich solche Angst, liebe Nora?

Nora.
Ja, eine grenzenlose Angst. Jetzt gleich laß uns üben. Vor Tisch ist noch Zeit. Setz' Dich ans Klavier und spiele, lieber Torvald, verbessere mich; dirigier' mich, wie gewöhnlich.

Helmer.
Gern, sehr gern, wenn Du es wünschst.*(Setzt sich ans Klavier.)*

Nora *(nimmt das Tamburin aus dem Karton, ebenso einen langen, bunten Schal, mit dem sie sich hastig drapiert; darauf kommt sie mit einem Sprung in den Vordergrund und ruft:)*
Spiel' mir vor! Jetzt will ich tanzen.*(Helmer spielt und Nora tanzt. Rank steht hinter Helmer am Klavier und sieht zu.)*

Helmer *(spielt.)*
Langsamer, – langsamer.

Nora.
Ich kann nicht anders.

Helmer.
Nicht so ungestüm, Nora.

Nora.
So ist es gerade recht.

Helmer *(hört auf zu spielen.)*
Nein, nein, so geht es durchaus nicht.

Nora *(lacht und schwingt das Tamburin.)*
Habe ich es Dir nicht gesagt?

Rank.
Laß mich ihr zum Tanz aufspielen.

Helmer *(steht auf.)*
Ja, tue das – dann kann ich sie bequemer dirigieren.

(Rank setzt sich ans Klavier und spielt. Nora tanzt mit wachsender Erregtheit. Helmer hat sich an den Ofen gestellt und richtet während des Tanzes fortwährend verbessernde Bemerkungen an sie. Sie scheint es nicht zu hören, ihr Haar löst sich und fällt auf die Schultern herab; sie kehrt sich nicht daran, sondern fährt fort zu tanzen. ***Frau Linde*** *tritt ein.)*

Frau Linde *(steht wie versteinert an der Tür.)*
Ah –!

Nora *(während des Tanzens.)*
Hier geht's lustig zu, Christine.

Helmer.
Aber liebste, beste Nora, Du tanzest ja, als ginge es Dir ans Leben.

Nora.
Das tut es ja auch.

Helmer.
Rank, hör' auf; das ist ja der reine Wahnsinn. Hör' auf, sag' ich Dir!*(Rank hört*

auf zu spielen und Nora hält plötzlich inne. Helmer geht zu ihr.) Das hätte ich doch nie für möglich gehalten; Du hast ja alles vergessen, was ich Dir beigebracht habe.

Nora *(wirft das Tamburin von sich.)*
Da siehst Du selbst.

Helmer.
Na, hier ist wirklich noch Unterricht nötig.

Nora.
Nun siehst Du, wie notwendig es ist. Du mußt noch bis zum letzten Augenblick mit mir üben. Versprichst Du mir das, Torvald?

Helmer.
Verlaß Dich drauf.

Nora.
Du darfst heute und morgen für nichts anderes Gedanken haben als für mich; Du darfst keinen Brief öffnen –, nicht den Briefkasten aufmachen –

Helmer.
Aha, das ist noch immer die Angst vor diesem Menschen –.

Nora.
O ja, ja, – das auch!

Helmer.
Nora, ich sehe es Dir an, es liegt schon ein Brief von ihm drin.

Nora.
Ich weiß nicht; ich glaube; Du darfst so etwas aber jetzt nicht lesen. Es darf nichts Häßliches zwischen uns treten, ehe alles vorüber ist.

Rank *(leise zu Helmer.)*
Widersprich ihr nicht.

Helmer *(legt den Arm um sie.)*
Das Kind soll seinen Willen haben. Aber morgen abend, wenn Du getanzt hast –

Nora.
Dann bist Du frei.

Hausmädchen *(an der Tür rechts.)*
Gnädige Frau, es ist angerichtet.

Nora.
Bring Champagner, Helene.

Hausmädchen.
Schön, gnädige Frau.*(Ab.)*

Helmer.
Ei, ei – also ein großes Gelage?

Nora.
Champagnergelage bis in den hellen Morgen.*(Ruft hinaus.)* Und auch Makronen, Helene, viele – nur dies eine Mal.

Helmer *(faßt ihre Hände.)*
So – so – so, – nicht dieses ängstliche Ungestüm! Sei nun wieder meine liebe, kleine Lerche wie sonst.

Nora.
Ach ja, das will ich auch. Aber geh nur hinein; Sie auch, Doktor. Christine, Du mußt mir das Haar wieder aufstecken.

Rank,*(indem er und Helmer abgehen.)*
Da ist wohl etwas – etwas unterwegs?

Helmer.
Kein Gedanke, lieber Freund, es ist nur diese kindische Furcht, von der ich Dir erzählt habe.*(Beide rechts ab.)*

Nora.
Nun!?

Frau Linde.
Verreist – über Land.

Nora.
Ich habe es Dir angesehen.

Frau Linde.
Er kommt morgen abend zurück. Ich habe ihm einige Zeilen hinterlassen.

Nora.
Das hättest Du nicht tun sollen. Du sollst nichts verhindern. Im Grunde ist es doch eine Seligkeit, auf das Wunderbare zu warten.

Frau Linde.
Worauf wartest Du?

Nora.
Ach, das kannst Du nicht verstehen. Geh hinein zu ihnen; ich komme gleich nach.*(Frau Linde geht ins Speisezimmer. Nora steht einen Augenblick, wie um sich zu sammeln, dann sieht sie auf ihre Uhr.)* Fünf Uhr. Sieben Stunden bis Mitternacht. Dann noch vierundzwanzig Stunden bis nächste Mitternacht. Dann ist die Tarantella aus. Vierundzwanzig und sieben? Noch einunddreißig Stunden zu leben.

Helmer *(rechts in der Tür.)*
Aber wo bleibt denn meine kleine Lerche?

Nora *(fliegt ihm mit offenen Armen entgegen.)*
Da ist die Lerche.

DRITTER AKT

(Dasselbe Zimmer. Der Sofatisch mit den Stühlen herum ist mitten ins Zimmer gerückt. Auf dem Tisch brennt eine Lampe. Die Tür zum Vorzimmer steht offen. Aus der oberen Etage ertönt Musik.)

Frau Linde *(sitzt am Tisch und blättert zerstreut in einem Buche; sie versucht zu lesen, scheint ihre Gedanken jedoch nicht sammeln zu können; ein paarmal horcht sie gespannt in der Richtung der Treppentür. Sie sieht auf ihre Uhr.)*
Noch nicht. Und es ist doch die höchste Zeit. Wenn er nur nicht –*(Horcht wieder.)* Ah! da ist er.*(Sie geht ins Vorzimmer und öffnet vorsichtig die äußere Tür; man hört leise Schritte auf der Treppe; sie flüstert:)* Herein. Es ist niemand da.

Krogstad *(in der Tür.)*
Ich habe in meiner Wohnung einen Zettel von Ihnen gefunden. Was soll das bedeuten?

Frau Linde.
Ich habe dringend mit Ihnen zu sprechen.

Krogstad.
So? Und das muß gerade hier im Hause geschehen?

Frau Linde.
Bei mir zu Hause war es unmöglich. Mein Zimmer hat keinen besonderen Eingang. Treten Sie näher; wir sind ganz allein; das Mädchen schläft, und Helmers sind oben auf einem Ball.

Krogstad *(tritt in das Zimmer.)*
Ei sieh mal an! Helmers tanzen heut abend? Wirklich?

Frau Linde.
Ja, warum denn nicht?

Krogstad.
Na ja, – warum auch nicht.

Frau Linde.
Krogstad, – reden wir miteinander.

Krogstad.
Wir zwei hätten noch was miteinander zu reden?

Frau Linde.
Wir haben viel miteinander zu reden.

Krogstad.
Das hätte ich nicht geglaubt.

Frau Linde.
Weil Sie mich nie so recht verstanden haben.

Krogstad.
Was war denn da weiter zu verstehen? War's nicht die alte Geschichte? Ein herzloses Weib gibt einem Manne den Laufpaß, wenn sich ihr etwas Vorteilhafteres bietet.

Frau Linde.
Halten Sie mich für so ganz herzlos? Und glauben Sie, ich hätte leichten Herzens mit Ihnen gebrochen?

Krogstad.
Nicht?

Frau Linde.
Krogstad, haben Sie das wirklich geglaubt?

Krogstad.
Wenn es nicht der Fall war, warum haben Sie denn damals in dieser Weise an mich geschrieben?

Frau Linde.
Ich konnte ja nicht anders. In dem Augenblick, als ich mit Ihnen brach, war es auch meine Pflicht, in Ihnen alles zu ersticken, was Sie für mich fühlten.

Krogstad *(ballt die Hände.)*
Darum also! Und nur – nur des Geldes wegen.

Frau Linde.
Sie dürfen nicht vergessen, ich hatte eine hilflose Mutter und zwei kleine Brüder. Wir konnten nicht auf Sie warten, Krogstad; um Ihre Aussichten war es damals doch schwach bestellt.

Krogstad.
Mag sein; aber Sie hatten kein Recht, mich aufzugeben, irgend einem anderen Menschen zuliebe.

Frau Linde.
Ja, ich weiß nicht. Oft habe ich mich selbst gefragt, ob ich ein Recht dazu hatte.

Krogstad *(leise.)*
Als ich Sie verlor, da war mir's, als wanke der feste Boden unter meinen Füßen. Sehen Sie mich an, jetzt bin ich ein Schiffbrüchiger auf einem Wrack.

Frau Linde.
Die Hilfe ist vielleicht nah.

Krogstad.
Sie war nah. Aber da kamen Sie und stellten sich in den Weg.

Frau Linde.
Ohne es zu wissen, Krogstad. Erst heute habe ich es erfahren, daß ich Sie bei der Bank ersetzen sollte.

Krogstad.
Ich glaube Ihnen, wenn Sie es sagen. Aber nun, da Sie es wissen, – da treten Sie doch zurück?

Frau Linde.
Nein. Sie würden nicht den geringsten Nutzen davon haben.

Krogstad.
Bah! Nutzen, Nutzen –; ich würde es trotzdem tun.

Frau Linde.
Ich habe gelernt, vernünftig zu handeln. Das Leben und die harte, bittere Not haben es mich gelehrt.

Krogstad.
Und mich hat das Leben gelehrt, nicht an Redensarten zu glauben.

Frau Linde.
Dann hat es Sie etwas sehr Vernünftiges gelehrt. Aber an Taten glauben Sie doch?

Krogstad.
Wie meinen Sie das?

Frau Linde.
Sie haben gesagt, Sie ständen da wie ein Schiffbrüchiger auf einem Wrack.

Krogstad.
Ich hatte wohl guten Grund, dies zu sagen.

Frau Linde.
Auch ich sitze da, wie eine Schiffbrüchige auf einem Wrack. Habe keinen,*um* den und*für* den ich sorgen könnte.

Krogstad.
Es war Ihre eigene Wahl.

Frau Linde.
Eine andere hatte ich damals nicht.

Krogstad.
Nun, und weiter?

Frau Linde.
Krogstad, wenn wir beiden schiffbrüchigen Leute nun zueinander kommen könnten.

Krogstad.
Was sagen Sie da?

Frau Linde.
Zwei auf*einem* Wrack sind doch besser dran, als jeder auf dem seinen allein.

Krogstad.
Christine!

Frau Linde.
Was, glauben Sie wohl, hat mich in die Stadt geführt?

Krogstad.
Doch wohl nicht der Gedanke an mich?

Frau Linde.
Ich muß arbeiten, wenn ich das Dasein ertragen soll. Mein ganzes Leben hindurch, soweit ich zurückdenken kann, habe ich gearbeitet, und das war meine schönste, meine einzige Freude. Aber jetzt stehe ich ganz allein in der Welt, mit erschrecklich leerer Seele und verlassen. Nur für sich selbst arbeiten zu müssen, das ist keine Freude. Krogstad, schaffen Sie mir wen, schaffen Sie mir was, wofür ich arbeiten kann.

Krogstad.
Daran glaube ich nicht. Es ist der Heroismus eines überspannten Weibes, das sich selbst opfern will – nichts weiter!

Frau Linde.
Haben Sie jemals beobachtet, daß ich überspannt war?

Krogstad.
Sie könnten das wirklich? Sagen Sie mir, – kennen Sie auch meine Vergangenheit ganz?

Frau Linde.
Ja.

Krogstad.
Und Sie wissen, wofür ich hier gelte?

Frau Linde.
Aus ihren Worten vorhin klang etwas wie die Überzeugung heraus, daß Sie mit mir ein anderer hätten werden können.

Krogstad.
Ganz ohne Zweifel.

Frau Linde.
Sollte das nicht jetzt noch geschehen können?

Krogstad.
Christine, sprechen Sie mit voller Überlegung?! Ja, Sie tun es. Ich sehe es Ihnen an. Sie haben also wirklich den Mut –?

Frau Linde.
Ich brauche jemand, dem ich Mutter sein kann; und Ihre Kinder brauchen eine Mutter. Wir beide brauchen einander. Krogstad, ich glaube an den guten Kern in Ihnen; – zusammen mit Ihnen wage ich alles.

Krogstad *(ergreift ihre Hände.)*
Dank, Dank, Christine! – Jetzt werde ich mich schon in den Augen der andern wieder zu rehabilitieren wissen! – O, aber ich vergaß –

Frau Linde *(horcht.)*
Horch! Die Tarantella! Gehen Sie! Gehen Sie!

Krogstad.
Weshalb? Was ist denn?

Frau Linde.
Hören Sie den Tanz da oben? Wenn der vorüber ist, können wir sie erwarten.

Krogstad.
Jawohl! Ich gehe. Es ist ja alles vergebens. Sie wissen natürlich nicht, was für einen Schritt ich gegen Helmers unternommen habe.

Frau Linde.
Ja, Krogstad, ich weiß.

Krogstad.
Und trotzdem haben Sie den Mut –?

Frau Linde.
Ich verstehe wohl, wozu die Verzweiflung einen Mann wie Sie treiben kann.

Krogstad.
Ach, wenn ich das doch ungeschehen machen könnte!

Frau Linde.
Das können Sie schon; denn Ihr Brief liegt noch im Kasten.

Krogstad.
Wissen Sie das bestimmt?

Frau Linde.
Ganz bestimmt; aber –

Krogstad *(blickt sie forschend an.)*
Sollte es so zu verstehen sein? Sie wollen Ihre Freundin um jeden Preis retten. Sagen Sie es gerade heraus. Ist es so?

Frau Linde.
Krogstad, wer sich um anderer willen*einmal* verkauft hat, der tut es nicht zum zweiten Male.

Krogstad.
Ich werde meinen Brief zurückverlangen.

Frau Linde.
Nein, nein.

Krogstad.
Ja natürlich; ich warte hier, bis Helmer herunter kommt; ich sage ihm, daß er mir meinen Brief zurückgeben müsse, – daß dieser Brief nur von meiner Entlassung handle, – daß er ihn nicht lesen solle –

Frau Linde.
Nein, Krogstad, Sie sollen den Brief nicht zurückverlangen.

Krogstad.
Aber sagen Sie mir: Sie haben mich doch nur deswegen herbestellt?

Frau Linde.
Ja, im ersten Schreck; aber dazwischen liegen jetzt vierundzwanzig Stunden, und seitdem bin ich hier im Hause Zeuge unglaublicher Dinge gewesen.

Helmer *muß* alles erfahren; dieses unglückselige Geheimnis muß an den Tag, es muß zwischen den beiden zu einer offenen Aussprache kommen; es kann unmöglich so fortgehen mit den Vertuschungen und Ausflüchten!

Krogstad.
Nun wohl; – wenn Sie es denn wagen –. Aber *eins* kann ich auf jeden Fall tun, und das soll sofort geschehen –

Frau Linde *(lauscht.)*
Eilen Sie! Gehen Sie! Gehen Sie! Der Tanz ist aus; wir sind keinen Augenblick mehr sicher.

Krogstad.
Ich warte unten auf Sie.

Frau Linde.
Ja, tun Sie das; Sie dürfen mich bis an die Haustür begleiten.

Krogstad.
So unsagbar glücklich bin ich nie gewesen. *(Er geht durch die Treppentür ab; die Tür zwischen den Zimmern und dem Vorzimmer bleibt offen.)*

Frau Linde *(räumt ein wenig auf und legt ihren Mantel und Hut zurecht.)*
Welch eine Wendung! Ja, welch eine Wendung! Menschen, für die ich arbeiten, – für die ich leben kann; ein Heim, in das ich Glück und Behagen bringen darf. Da heißt es allerdings fest anpacken –. Wenn sie nur bald kämen – *(horcht.)* Aha, da sind sie schon. Wo sind meine Sachen! *(Nimmt Hut und Mantel.)*

*(Draußen hört man **Helmers** und **Noras** Stimmen, ein Schlüssel wird im Schloß umgedreht, und Helmer führt Nora fast mit Gewalt ins Vorzimmer. Sie hat das italienische Kostüm an mit einem großen, schwarzen Schal darüber; Helmer ist in Gesellschaftsanzug und trägt einen offenen schwarzen Domino darüber.)*

Nora *(noch in der Tür, widerstrebend.)*
Nein, nein, nein; nicht nach Haus! Ich will wieder hinauf. Ich mag noch nicht so früh weg.

Helmer.
Aber liebste Nora –

Nora.
Ach, ich bitte Dich flehentlich, Torvald; ich bitte Dich von ganzem Herzen, – nur eine Stunde noch.

Helmer.
Nicht*eine* Minute länger, meine süße Nora. Du weißt, so war es verabredet! So –! Hinein ins Zimmer; Du erkältest Dich hier nur.*(Trotz ihres Widerstandes führt er sie sanft ins Zimmer.)*

Frau Linde.
Guten Abend.

Nora.
Christine!

Helmer.
Wie, Frau Linde, Sie noch so spät hier?

Frau Linde.
Ja, verzeihen Sie, ich wollte Nora so gern in ihrem Staat sehen.

Nora.
Hast Du die ganze Zeit auf mich gewartet?

Frau Linde.
Ja. Ich bin leider zu spät gekommen. Du warst schon oben, und da wollte ich nicht wieder weggehen, bevor ich Dich gesehen hätte.

Helmer *(nimmt Nora den Schal ab.)*
Ja schauen Sie sie nur ordentlich an. Ich sollte meinen, sie ist das Ansehen wert. Ist sie nicht reizend, Frau Linde?

Frau Linde.
Ja, das muß ich sagen –

Helmer.
Ist sie nicht ungewöhnlich reizend? Darüber gab es auch in der Gesellschaft nur eine Stimme. Aber entsetzlich eigensinnig ist sie, – das süße, kleine Ding. Was soll man machen? Wollen Sie wohl glauben: ich mußte beinahe Gewalt anwenden, um sie wegzubringen.

Nora.
Torvald, Du wirst es noch bereuen, daß Du mir nicht wenigstens noch eine halbe Stunde gegönnt hast.

Helmer.
Da hören Sie's, Frau Linde. Sie tanzt ihre Tarantella – hat stürmischen Erfolg, – der auch verdient war –, obgleich der Vortrag vielleicht etwas zu naturalistisch war, ich meine – ein wenig naturalistischer, als es sich streng genommen mit den Forderungen der Kunst verträgt. Immerhin, die Hauptsache ist, – sie hat Erfolg, stürmischen Erfolg. Und danach hätte ich sie noch oben lassen sollen? Die Wirkung abschwächen sollen? I bewahre! Ich nahm mein reizendes kleines Mädchen von Capri – mein capriziöses kleines Mädchen von Capri sollte ich eigentlich sagen – unter den Arm; eine schnelle Runde durch den Saal, eine Verbeugung nach allen Seiten, und – wie es in der Romansprache heißt – das schöne Bild ist verschwunden. Ein Abgang muß immer wirkungsvoll sein, Frau Linde. Aber es ist mir nicht möglich, Nora*das* begreiflich zu machen. Puh, wie warm es hier ist!*(Wirft den Domino auf einen Stuhl und öffnet die Tür zu seinem Zimmer.)* Was? Da ist es ja dunkel! Ach ja, natürlich. Verzeihung –*(Er geht hinein und zündet einige Kerzen an.)*

Nora *(flüstert schnell und atemlos:)*
Nun?!

Frau Linde *(leise.)*
Ich habe ihn gesprochen.

Nora.
Und –?

Frau Linde.
Nora, – Du mußt Deinem Mann alles sagen!

Nora *(tonlos.)*
Ich wußte es.

Frau Linde.
Von Krogstads Seite hast Du nichts zu fürchten; aber sprechen*mußt* Du.

Nora.
Ich spreche nicht.

Frau Linde.
Dann spricht der Brief.

Nora.
Ich danke Dir, Christine; jetzt weiß ich, was ich zu tun habe. Pst –!*(Helmer tritt wieder ein.)*

Helmer.
Na, Frau Linde, haben Sie sie bewundert?

Frau Linde.
Ja, und nun will ich Gutnacht sagen.

Helmer.
Ach was, schon? – Gehört Ihnen das Strickzeug da?

Frau Linde *(nimmt es.)*
Ja, danke schön. Beinahe hätte ich es vergessen.

Helmer.
Also, Sie stricken?

Frau Linde.
Ja freilich.

Helmer.
Wissen Sie was, Sie sollten lieber sticken.

Frau Linde.
So? Und weshalb?

Helmer.
Weil es viel hübscher aussieht. Sehen Sie nur: man hält die Stickerei mit der linken Hand, – so –, und mit der rechten führt man die Nadel – so – in leichtem, langgestrecktem Bogen; nicht wahr –?

Frau Linde.
Ja, das mag schon sein –

Helmer.
Das Stricken hingegen, – das kann nur unschön sein. Sehen Sie her: die zusammengeklemmten Arme, – die Stricknadeln, die auf und ab fahren, – das

hat so was Chinesisches an sich. – Es war wirklich ein glänzender Champagner, den man uns vorgesetzt hat.

Frau Linde.
Gute Nacht, Nora, – und sei nicht mehr eigensinnig.

Helmer.
Gut gesagt, Frau Linde.

Frau Linde.
Gute Nacht, Herr Direktor!*(Helmer begleitet sie zur Tür.)*

Helmer.
Gute Nacht, gute Nacht; ich will nur hoffen, daß Sie gut nach Hause kommen. Ich würde sehr gern –; aber Sie haben ja nicht weit zu gehen. Gute Nacht, gute Nacht.*(Frau Linde geht; er schließt die Tür hinter sich ab und kommt zurück.)* Na endlich sind wir sie los. Eine schrecklich langweilige Person –!

Nora.
Bist Du nicht sehr müde, Torvald?

Helmer.
Nein, nicht im geringsten.

Nora.
Auch nicht schläfrig?

Helmer.
Durchaus nicht; im Gegenteil, ich fühle mich außerordentlich frisch. Aber Du? Du siehst allerdings müde und schläfrig aus.

Nora.
Ja, ich bin sehr müde. Ich werde bald schlafen gehen.

Helmer.
Siehst Du, siehst Du! Es war also doch richtig von mir, daß wir nicht länger geblieben sind.

Nora.
Ach, alles was Du tust, ist richtig.

Helmer *(küßt sie auf die Stirn.)*
Jetzt spricht meine Lerche wie ein vernünftiger Mensch. Sag' mal: hast Du bemerkt, wie lustig Rank heut abend war?

Nora.
So? War er das? Ich habe gar nicht mit ihm gesprochen.

Helmer.
Ich auch fast gar nicht; aber ich habe ihn schon lange nicht in so guter Laune gesehen.*(Sieht sie einen Augenblick an; darauf tritt er näher zu ihr.)* Hm, – es ist doch herrlich, wieder in seinen eigenen vier Wänden zu sein, – ganz allein mit Dir. – O Du entzückendes, reizendes Weibchen!

Nora.
Sieh mich nicht so an, Torvald!

Helmer.
Mein teuerstes Gut soll ich nicht ansehen? All die Herrlichkeit nicht ansehen, die mir gehört, mir allein, mir ganz und ausschließlich.

Nora *(geht an die andere Seite des Tisches.)*
Du sollst nicht so zu mir sprechen heut abend.

Helmer *(folgt ihr.)*
Dir liegt noch die Tarantella im Blut, merke ich. Und das macht Dich nur noch verführerischer. Horch! Nun brechen die Gäste auf.*(Leiser.)* Nora, – bald ist es still im ganzen Hause.

Nora.
Ja, das hoffe ich.

Helmer.
Nicht wahr, meine einzig geliebte Nora? Ach, weißt Du, – wenn ich so mit Dir in Gesellschaft bin, – weißt Du, weshalb ich dann so wenig mit Dir spreche, Dir fern bleibe, Dir nur dann und wann einen verstohlenen Blick zuwerfe? – Weißt Du, warum ich das tue? Weil ich mir dann einbilde, Du wärst meine heimliche Geliebte, meine heimliche junge Braut, und es ahne niemand, daß zwischen uns beiden ein Geheimnis ist.

Nora.
Ja, ja, ja; ich weiß, daß alle Deine Gedanken bei mir sind.

Helmer.
Und wenn wir dann fortwollen, und ich den Schal um Deine zarten, jugendlichen Schultern lege, – um diesen wunderbaren Nacken, – dann stelle ich mir vor, daß Du meine junge Braut bist, daß wir gerade aus der Kirche kommen, daß ich Dich zum ersten Male in meine Wohnung führe, daß ich zum ersten Mal mit Dir allein bin, – ganz allein mit Dir, Du junge, erbebende Schönheit! Diesen ganzen Abend über warst nur Du meine Sehnsucht. Als ich Dich in der Tarantella so verführerisch tollen sah, – da kochte mein Blut; ich hielt es nicht länger aus, – und deshalb führte ich Dich so früh nach Hause –

Nora.
Geh jetzt, Torvald. Du sollst mich in Ruhe lassen. Ich will das alles nicht.

Helmer.
Was soll das heißen? Du hast mich wohl zum besten, Norachen? Du willst nicht, willst nicht? Bin ich nicht Dein Mann –?

(Es klopft an der Treppentür.)

Nora *(fährt zusammen.)*
Hörst Du –?

Helmer *(nach dem Vorzimmer gehend.)*
Wer ist da?

Doktor Rank *(draußen.)*
Ich bin's. Darf ich einen Augenblick eintreten?

Helmer *(leise, verdrießlich.)*
Was will denn der jetzt?*(Laut.)* Wart' einen Augenblick.*(Geht hin und schließt auf.)* Na, das ist ja hübsch von Dir, daß Du nicht an unserer Tür vorübergehst.

Rank.
Mir war, als hörte ich Deine Stimme, und da wollte ich gern noch einen Blick herein tun.*(Läßt das Auge flüchtig umherschweifen.)* Ach ja, diese lieben, trauten Räume. Ihr habt es nett und behaglich, Ihr beide.

Helmer.
Du hast Dich oben offenbar auch recht behaglich gefühlt.

Rank.
Außerordentlich. Warum auch nicht? Weshalb soll man in dieser Welt nicht

alles mitnehmen? Wenigstens, soviel man kann und solange man es kann. Der Wein war vortrefflich –

Helmer.
Besonders der Champagner.

Rank.
Hast Du das auch gefunden? Unglaublich, wieviel ich hinunterspülen konnte!

Nora.
Torvald hat heut abend auch viel Champagner getrunken.

Rank.
So?

Nora.
Ja, und danach ist er immer so gut aufgelegt.

Rank.
Weshalb soll man sich denn nicht auch einen vergnügten Abend machen nach einem gut angewendeten Tage?

Helmer.
Gut angewendeter Tag! Dessen darf ich mich leider nicht rühmen.

Rank *(schlägt ihn auf die Schulter.)*
Aber siehst Du,*ich* darf es.

Nora.
Sie haben heut gewiß eine wissenschaftliche Untersuchung vorgenommen, Doktor?

Rank.
Allerdings.

Helmer.
Ei, ei, unsere kleine Nora redet von wissenschaftlichen Untersuchungen!

Nora.
Und darf man Ihnen Glück wünschen zu dem Ergebnis?

Rank.
Das dürfen Sie getrost.

Nora.
Das Ergebnis war also gut?

Rank.
Das denkbar beste für den Arzt wie für den Patienten, – Gewißheit.

Nora *(schnell und forschend.)*
Gewißheit?

Rank.
Volle Gewißheit. Konnte ich mir daraufhin nicht einen vergnügten Abend machen?

Nora.
Ja, daran haben Sie recht getan, Doktor.

Helmer.
Das sage ich auch; wenn Du nur nicht morgen dafür büßen mußt.

Rank.
Na, für umsonst ist ja nichts auf der Welt.

Nora.
Doktor, – Maskeraden machen Ihnen wohl großes Vergnügen?

Rank.
Ja, wenn recht viel komische Masken da sind –

Nora.
Hören Sie, als was wollen wir beide gehen auf der nächsten Maskerade?

Helmer.
Du kleiner Leichtsinn, – denkst Du jetzt schon an die nächste?

Rank.
Wir beide? Das will ich Ihnen sagen: Sie kommen als Glückskind –

Helmer.
Ja, aber mach' ein Kostüm ausfindig, das dafür bezeichnend ist.

Rank.
Laß Deine Frau nur kommen, wie sie geht und steht in der Welt –

Helmer.
Das war wirklich treffend gesagt. Aber weißt Du schon, was Du selber vorstellen wirst?

Rank.
Mein lieber Freund, darüber bin ich mit mir vollkommen im reinen.

Helmer.
Nun?

Rank.
Auf der nächsten Maskerade werde ich unsichtbar sein.

Helmer.
Das ist mir ein ulkiger Einfall.

Rank.
Es gibt eine große schwarze Kappe –; hast Du noch nie von der Tarnkappe gehört? Die setzt man sich auf, und dann wird man von keinem gesehen.

Helmer *(mit unterdrücktem Lächeln.)*
Jawohl, – sehr richtig!

Rank.
Aber ich vergesse ganz, weshalb ich gekommen bin. Helmer, gib mir eine Zigarre, eine von Deinen dunklen Havannas.

Helmer.
Mit dem größten Vergnügen.*(Reicht ihm sein Zigarrenetui hin.)*

Rank *(nimmt eine und schneidet die Spitze ab.)*
Danke!

Nora *(streicht ein Wachszündhölzchen an.)*
Ich will Ihnen Feuer geben.

Rank.
Danke schön.*(Sie hält das Zündholz hin, er raucht die Zigarre an.)* Und nun Adieu.

Helmer.
Adieu, adieu, lieber Freund!

Nora.
Schlafen Sie wohl, Doktor!

Rank.
Vielen Dank für diesen Wunsch.

Nora.
Wünschen Sie mir dasselbe.

Rank.
Ihnen? Na ja, wenn Sie wollen –. Schlafen Sie wohl. Und Dank für das Feuer.*(Er nickt beiden zu und geht.)*

Helmer *(mit gedämpfter Stimme.)*
Er hat schwer getrunken.

Nora *(wie geistesabwesend.)*
Mag sein.*(Helmer nimmt seinen Schlüsselbund aus der Tasche und geht ins Vorzimmer.)* Torvald – was willst Du da?

Helmer.
Ich muß den Briefkasten leeren; er ist ganz voll; sonst ist morgen früh kein Platz für die Zeitungen –

Nora.
Willst Du heute nacht noch arbeiten?

Helmer.
Nein, das weißt Du ja schon. – Was ist das? Da ist jemand am Schloß gewesen.

Nora.
Am Schloß –?

Helmer.
Allerdings. Was soll das heißen? Ich will doch nicht hoffen, daß die Mädchen – ? Hier liegt eine abgebrochene Haarnadel. Nora, das ist Deine –

Nora *(schnell.)*
Dann müssen es die Kinder gewesen sein –

Helmer.
Das mußt Du ihnen aber wirklich abgewöhnen. Hm, hm; – na, nun habe ich ihn doch noch aufbekommen.*(Nimmt den Inhalt heraus und ruft in die Küche*

hinein:) Helene! – Helene, machen Sie die Lampe aus im Flur.*(Kommt wieder ins Zimmer und schließt die Tür zum Vorzimmer.)*

Helmer *(mit den Briefen in der Hand.)*
Sieh mal, sieh mal, wie sich das angesammelt hat.*(Blättert darin.)* Was ist*das?*

Nora *(am Fenster.)*
Der Brief! – Ach, nein, nein, Torvald!

Helmer.
Zwei Visitenkarten – von Rank.

Nora.
Vom Doktor?

Helmer *(sieht sich die Karten an.)*
Doctor medicinae Rank. Sie lagen obenauf; er muß sie beim Weggehen hineingesteckt haben.

Nora.
Steht etwas darauf?

Helmer.
Es steht ein schwarzes Kreuz über dem Namen. Sieh mal her. Das ist doch ein unheimlicher Einfall! Gerade als ob er seinen eigenen Tod anzeigte.

Nora.
Das tut er auch.

Helmer.
Wie? Weißt Du etwas? Hat er Dir etwas gesagt?

Nora.
Ja. Mit diesen Karten hat er Abschied von uns genommen. Er will sich einschließen und sterben.

Helmer.
Armer Freund! Ich wußte wohl, daß ich ihn nicht lange mehr haben würde. Aber so bald –. Und nun verbirgt er sich wie ein verwundetes Tier.

Nora.
Wenn es schon sein*muß,* dann ist es am besten, daß es ohne Worte geschieht. Nicht wahr, Torvald?

Helmer.
Er war so mit uns verwachsen. Ich kann mir unser Leben gar nicht ohne ihn denken. Er, mit seinen Leiden und mit seiner Vereinsamung, gab gewissermaßen den wolkigen Hintergrund ab für unser sonnenhelles Glück. Na, es ist vielleicht am besten so. Für ihn wenigstens. –*(Bleibt stehen.)* Und am Ende auch für uns, Nora. Jetzt sind wir beide nur auf uns allein angewiesen.*(Umarmt sie.)* O du mein geliebtes Weib; mir ist, als könnte ich Dich nicht fest genug halten. Weißt Du, Nora – manchmal wünsche ich, es möchte Dir eine unmittelbare Gefahr drohen, auf daß ich Gut und Blut und alles, alles für Dich aufs Spiel setzen könnte.

Nora *(reißt sich los und sagt fest und entschlossen:)*
Jetzt sollst Du Deine Briefe lesen, Torvald!

Helmer.
Nein, nein, jetzt nicht mehr. Ich will bei Dir sein, geliebtes Weib.

Nora.
Mit dem Gedanken an den Tod Deines Freundes –?

Helmer.
Du hast recht. Das hat uns beide erschüttert. Es ist etwas Unschönes zwischen uns getreten; der Gedanke an Tod und Auflösung. Wir müssen Befreiung davon suchen. Bis dahin –. Wir wollen jedes auf sein Zimmer gehen.

Nora *(an seinem Hals.)*
Torvald, – gute Nacht! Gute Nacht!

Helmer *(küßt sie auf die Stirn.)*
Gute Nacht, mein Singvögelchen; schlaf' wohl, Nora. Jetzt lese ich die Briefe.*(Er geht mit der Korrespondenz in sein Zimmer und schließt die Tür hinter sich.)*

Nora,*(mit irren Blicken, tastet umher, faßt Helmers Domino, wirft ihn sich um und flüstert schnell, heiser und abgerissen:)* Ihn niemals wiedersehen. Niemals. Niemals. Niemals.*(Wirft sich den Schal über den Kopf.)* Und auch die Kinder nicht. Auch die nicht. Niemals; niemals. – O! Das eiskalte, schwarze Wasser. O die bodenlose Tiefe –; diese –. Wenn es nur erst vorüber wäre. – Jetzt hat er den Brief; jetzt liest er ihn. Nein, nein, noch nicht! Torvald, leb' wohl – Du und die Kinder!*(Sie will durchs Vorzimmer hinausstürzen. In demselben Augenblick reißt Helmer seine Tür auf und steht mit dem offenen Brief in der Hand da.)*

Helmer.
Nora!

Nora *(schreit laut auf.)*
Ah –!

Helmer.
Was ist das? Weißt Du, was in diesem Briefe steht?

Nora.
Ja, ich weiß es. Laß mich gehen! Laß mich hinaus!

Helmer *(hält sie zurück.)*
Wo willst Du hin?

Nora *(versucht sich loszureißen.)*
Du darfst mich nicht retten, Torvald!

Helmer *(taumelt zurück.)*
Wahr also? Ist es wahr, was er schreibt? Entsetzlich! Nein, nein, es kann und kann nicht wahr sein!

Nora.
Es*ist* wahr. Über alles in der Welt habe ich Dich geliebt!

Helmer.
Komm mir nicht mit elenden Ausflüchten!

Nora *(macht einen Schritt auf ihn zu.)*
Torvald –!

Helmer.
Du Unglückselige, – was hast Du getan?!

Nora.
Laß mich fort! Du sollst nicht für mich büßen. Du sollst es nicht auf Dich nehmen.

Helmer.
Kein Komödienspiel.*(Schließt das Vorzimmer ab.)* Hier bleibst Du und stehst mir Rede. Hast Du einen Begriff davon, was Du getan hast? Antworte mir! Hast Du einen Begriff davon?

Nora *(blickt ihn unverwandt an und spricht mit erstarrendem Ausdruck.)*
Ja, jetzt fange ich an, gründlich zu begreifen.

Helmer *(geht im Zimmer umher.)*
Oh, welch ein furchtbares Erwachen. In diesen ganzen acht Jahren, – sie, die meine Lust und mein Stolz gewesen ist, – eine Heuchlerin, eine Lügnerin, – schlimmer, noch schlimmer – eine Verbrecherin! – Ach, die bodenlose Abscheulichkeit, die in all dem liegt! Pfui, pfui!

Nora *(schweigt und sieht ihn immer noch unverwandt an.)*

Helmer *(bleibt vor ihr stehen.)*
Ich hätte auf so etwas vorher gefaßt sein müssen. Ich hätte es voraussehen müssen. Die leichtsinnigen Grundsätze Deines Vaters –. Schweig! Die leichtsinnigen Grundsätze Deines Vaters hast Du geerbt. Keine Religion, keine Moral, kein Pflichtgefühl –. O, wie bin ich dafür bestraft, daß ich ihm durch die Finger gesehen habe. Um Deinetwillen habe ich es getan. Und so dankst Du mir dafür!

Nora.
Ja – so.

Helmer.
Mein ganzes Glück hast Du zerstört. Meine ganze Zukunft hast Du mir vernichtet. Ach, entsetzlich, nur daran zu denken. Ich bin in der Gewalt eines gewissenlosen Menschen; er kann mit mir machen, was er will; von mir verlangen, was ihm einfällt; über mich gebieten, mir befehlen nach seinem Belieben; – ich darf nicht mucksen. Und so jammervoll muß ich sinken und zugrunde gehen um eines leichtsinnigen Weibes willen!

Nora.
Wenn ich aus der Welt bin, so bist Du frei.

Helmer.
Laß die Possen! Solche Redensarten hatte Dein Vater auch immer bereit. Was würde mir das nützen, wenn Du aus der Welt wärest, wie Du sagst. Nicht das geringste würde mir es nützen. Er kann die Sache trotzdem bekannt machen; und tut er es, so komme ich vielleicht in den Verdacht, daß ich um Deine verbrecherische Tat gewußt habe. Man wird vielleicht glauben, ich hätte dahinter gesteckt, –*ich* hätte Dich dazu verführt! Und das alles habe ich Dir zu

danken, Dir, die ich während unserer ganzen Ehe auf Händen getragen habe. Begreifst Du nun, was Du mir angetan hast?

Nora *(mit kalter Ruhe.)*
Ja.

Helmer.
Es ist so unglaublich, daß ich es noch immer nicht fassen kann. Aber wir müssen sehen, wie wir da heraus kommen! Den Schal herunter! Herunter, sage ich! Ich muß den Mann auf irgend eine Weise zu befriedigen suchen. Die Sache muß um jeden Preis vertuscht werden. – Und was Dich und mich betrifft, so muß es aussehen, als sei alles zwischen uns wie bisher. Aber natürlich nur vor den Augen der Welt. Du bleibst also nach wie vor im Hause; das ist selbstverständlich. Aber die Kinder darfst Du mir nicht erziehen; die wage ich Dir nicht anzuvertrauen –. O! Das der Frau sagen zu müssen, der Frau, die ich so innig geliebt, und die ich noch –! Na, das muß ein Ende haben. Von heut ab handelt es sich nicht mehr ums Glück; es gilt nur noch die Trümmer zu retten, die Überbleibsel, den Schein –*(Es läutet im Vorzimmer. Helmer schrickt zusammen.)* Was ist das? So spät noch? Sollte das Entsetzlichste –! Sollte er –? Versteck' Dich, Nora! Sag', Du bist krank.*(Nora bleibt unbeweglich stehen. Helmer geht und öffnet die Tür zum Vorzimmer.)*

Das Hausmädchen *(halb angekleidet im Vorzimmer.)*
Ein Brief für die gnädige Frau.

Helmer.
Geben Sie her.*(Nimmt den Brief und schließt die Tür.)* Ja, – von ihm. Du bekommst ihn nicht. Ich werde ihn selbst lesen.

Nora.
So lies.

Helmer *(an der Lampe.)*
Ich habe kaum den Mut dazu. Vielleicht sind wir verloren, Du und ich. Doch – ich*muß* es wissen.*(Reißt den Brief auf, durchfliegt einige Zeilen, blickt auf ein beigelegtes Papier; ein Freudenschrei:)* Nora!

Nora *(sieht ihn fragend an.)*

Helmer.
Nora! – Nein! Ich muß es noch einmal lesen. – Ja, ja; es ist so. Ich bin gerettet. Nora, ich bin gerettet.

Nora.
Und ich?

Helmer.
Du auch, – natürlich; wir sind beide gerettet; Du und ich. Sieh her. Er schickt Dir Deinen Schuldschein zurück. Er schreibt, daß er bedauert und bereut –; daß eine glückliche Wendung in seinem Leben –. Aber was er schreibt, das ist ja ganz gleichgültig. Wir sind gerettet, Nora! Keiner kann Dir was anhaben. Ach Nora, Nora –; doch zuerst weg mit den abscheulichen Sachen hier. Laß mich sehen –*(Wirft einen Blick auf die Schuldverschreibung.)* Nein, ich will es nicht sehen; die ganze Geschichte soll für mich nichts andres sein als ein Traum.*(Reißt den Schein und beide Briefe in Stücke, wirft alles in den Ofen und sieht zu, wie es brennt.)* So, nun existiert es nicht mehr. – Er schrieb, daß Du seit dem heiligen Abend –. O, das müssen drei furchtbare Tage für Dich gewesen sein, Nora!

Nora.
Ich habe in diesen drei Tagen einen harten Kampf gekämpft.

Helmer.
Und Du hast gelitten und keinen anderen Ausweg gesehen als –. Doch wir wollen alle die häßlichen Dinge begraben. Wir wollen nur jubeln und wiederholen: es ist vorbei, es ist vorbei! So hör' mich doch an, Nora. Du scheinst es noch nicht zu fassen: es ist vorbei. Aber was ist das – diese starren Mienen? Ach, meine arme, kleine Nora, ich verstehe schon, Du willst noch nicht daran glauben, daß ich Dir verziehen habe. Aber das habe ich. Nora, ich schwöre Dir, ich habe Dir alles verziehen. Ich weiß ja, was Du getan hast, das hast Du aus Liebe zu mir getan.

Nora.
Das ist wahr.

Helmer.
Du hast mich geliebt, wie eine Frau ihren Mann lieben soll. Es fehlte Dir nur an der nötigen Einsicht zur Beurteilung der Mittel. Aber glaubst Du, daß Du mir weniger teuer bist, weil Du nicht selbständig zu handeln verstehst? Nein, nein,

stütz' Dich nur auf mich, ich will Dir Berater, will Dir Führer sein. Ich müßte kein Mann sein, wenn nicht gerade diese weibliche Hilflosigkeit Dich doppelt anziehend in meinen Augen machte. Kehr' Dich nicht an die harten Worte, die ich im ersten Schrecken sprach, in einem Augenblicke, da ich meinte, alles müßte über mir zusammenstürzen. Ich habe Dir verziehen, Nora; ich schwöre Dir zu, ich habe Dir verziehen.

Nora.
Ich danke Dir für Deine Verzeihung.*(Geht rechts durch die Tür ab.)*

Helmer.
So bleib doch –.*(Sieht hinein.)* Was willst Du da im Alkoven?

Nora *(drinnen.)*
Das Maskenzeug heruntertun.

Helmer *(an der offenen Tür.)*
Recht so, suche Dich zu fassen und das Gleichgewicht Deiner Seele wieder zu erlangen, Du mein kleines, verschüchtertes Singvögelchen! Ruh' Dich getrost aus; ich werde Dich mit meinen starken Flügeln decken.*(Geht in der Nähe der Tür umher.)* O wie behaglich und schön unser Haus ist, Nora. Hier bist Du geborgen; ich will Dich halten wie eine verfolgte Taube, die ich den mörderischen Krallen des Habichts entrissen habe; ich werde Dein armes, pochendes Herz schon zur Ruhe bringen. Nach und nach, Nora, – glaub' mir das. Schon morgen wirst Du alles mit ganz anderen Augen ansehen; bald wird alles wieder beim alten sein. Ich werde Dir nicht mehr oft zu wiederholen brauchen, daß ich Dir verziehen habe; Du selbst wirst untrüglich fühlen, daß es so ist. Wie bist Du auf den Gedanken gekommen, ich könnte Dich verstoßen oder Dir auch nur einen Vorwurf machen? O Nora, Du kennst das Herz eines wirklichen Mannes nicht. Für den Mann liegt etwas unbeschreiblich Holdes und Befriedigendes in dem Bewußtsein, seiner Frau vergeben zu haben, – ihr aus vollem, aufrichtigem Herzen vergeben zu haben. Ist sie doch gewissermaßen in doppeltem Sinne dadurch sein Eigen geworden; als hätte er sie zum zweiten Male in die Welt gesetzt. Sie ist sozusagen sein Weib und sein Kind zugleich geworden. Das sollst Du mir fortan sein, Du ratloses, hilfloses Persönchen. Fürchte nichts, Nora; sei nur offenherzig gegen mich, dann werde ich Dein Wille und auch Dein Gewissen sein. – Was ist das? Du gehst nicht zu Bett? Du hast Dich umgekleidet?

Nora *(in ihrem Alltagskleide.)*
Ja, Torvald, ich habe mich umgekleidet.

Helmer.
Aber warum denn? Jetzt? So spät –?

Nora.
Diese Nacht werde ich nicht schlafen.

Helmer.
Aber, liebe Nora –

Nora *(sieht auf ihre Uhr.)*
Es ist noch nicht allzu spät. Nimm Platz, Torvald; wir zwei haben viel miteinander zu reden.*(Setzt sich an die eine Seite des Tisches.)*

Helmer.
Nora, – was soll das heißen? Diese starre Miene –.

Nora.
Setz' Dich. Es dauert lange. Ich habe mit Dir über vieles zu reden.

Helmer *(setzt sich ihr gegenüber an den Tisch.)*
Du machst mir Angst, Nora. Und ich verstehe Dich nicht.

Nora.
Ja, das ist es eben. Du verstehst mich nicht. Und ich habe Dich ebenfalls nicht verstanden – bis zu dieser Stunde. Bitte, unterbrich mich nicht. Du sollst mir nur zuhören. – Es ist eine Abrechnung, Torvald.

Helmer.
Wie meinst Du das?

Nora *(nach kurzem Schweigen.)*
Wie wir so dasitzen, – fällt Dir gar nichts daran auf?

Helmer.
Was sollte das sein?

Nora.
Wir sind jetzt acht Jahre verheiratet. Fällt es Dir nicht auf, daß wir – Du und ich, Mann und Frau – heute zum ersten Male ein ernstes Gespräch miteinander führen?

Helmer.
Ein ernstes Gespräch, – was heißt das?

Nora.
Acht ganze Jahre – und länger noch, – vom ersten Tage unserer Bekanntschaft an haben wir nie ein ernstes Wort über ernste Dinge gewechselt.

Helmer.
Hätte ich Dich etwa beständig einweihen sollen in Widerwärtigkeiten, die Du doch nicht mit mir hättest teilen können?

Nora.
Ich spreche nicht von Widerwärtigkeiten. Ich sage nur, daß wir niemals ernst beieinandergesessen haben, um etwas gründlich zu überlegen.

Helmer.
Aber liebste Nora, das wäre doch nichts für Dich gewesen.

Nora.
Da sind wir bei der Sache. Du hast mich nie verstanden. – Ihr habt viel an mir gesündigt, Torvald. Zuerst Papa, dann Du.

Helmer.
Was? Wir beide –? Wir beide, die wir Dich über alles in der Welt geliebt haben?

Nora *(schüttelt den Kopf.)*
Ihr habt mich nie geliebt. Euch machte es nur Spaß, in mich verliebt zu sein.

Helmer.
Aber, Nora, was sind das für Worte!

Nora.
Ja, es ist so, Torvald. Als ich zu Hause war bei Papa, teilte er mir alle seine Ansichten mit, und so hatte ich dieselben Ansichten. War ich aber einmal anderer Meinung, dann verheimlichte ich das; denn es wäre ihm nicht recht gewesen. Er nannte mich sein Puppenkind, und spielte mit mir, wie ich mit meinen Puppen spielte. Dann kam ich zu Dir ins Haus –

Helmer.
Was für einen Ausdruck gebrauchst Du da von unserer Ehe?

Nora *(unbeirrt.)*
Ich meine, dann ging ich aus Papas Händen in Deine über. Du richtetest alles nach Deinem Geschmack ein, und so bekam ich denselben Geschmack wie Du; aber ich tat nur so: ich weiß es nicht mehr recht – vielleicht war es auch beides: bald so und bald so. Wenn ich jetzt zurückblicke, so ist mir, als hätte ich hier wie ein Bettler gelebt, – nur von der Hand in den Mund. Ich lebte davon, daß ich Dir Kunststücke vormachte, Torvald. Aber Du wolltest es ja so haben. Du und Papa, Ihr habt Euch schwer an mir versündigt. Ihr seid schuld daran, daß nichts aus mir geworden ist.

Helmer.
Wie lächerlich und wie undankbar, Nora! Bist Du hier nicht glücklich gewesen?

Nora.
Nein. Das bin ich nie gewesen. Ich habe es geglaubt, aber ich bin es nie gewesen.

Helmer.
Nicht – nicht glücklich?

Nora.
Nein, – nur lustig. Und Du warst immer so lieb zu mir. Aber unser Heim ist nichts anderes als eine Spielstube gewesen. Hier bin ich Deine Puppen*frau* gewesen, wie ich zu Hause Papas Puppen*kind* war. Und die Kinder, die waren wiederum meine Puppen. Wenn Du mich nahmst und mit mir spieltest, so machte mir das gerade solchen Spaß, wie es den Kindern Spaß machte, wenn ich sie nahm und mit ihnen spielte.*Das* ist unsere Ehe gewesen, Torvald.

Helmer.
Etwas Wahres liegt in Deinen Worten, – so übertrieben und überspannt sie auch sind. Aber von jetzt an soll es anders werden. Die Tage des Spiels sind nun vorüber; jetzt kommt die Zeit der Erziehung.

Nora.
Wessen Erziehung? Meine oder die der Kinder?

Helmer.
Sowohl Deine wie die der Kinder, meine geliebte Nora.

Nora.
Ach, Torvald, Du bist nicht der Mann, mich zu einer richtigen Frau für Dich zu erziehen.

Helmer.
Und das sagst Du so?

Nora.
Und ich, – bin ich denn für die Aufgabe gerüstet, die Kinder zu erziehen?

Helmer.
Nora!

Nora.
Hast Du vorhin nicht selber gesagt, – Du dürftest mir diese Aufgabe nicht anvertrauen?

Helmer.
Im Moment der Erregung! Wie kannst Du darauf etwas geben?

Nora.
Doch. Du hattest sehr recht. Ich bin der Aufgabe nicht gewachsen. Das ist eine andere Aufgabe, die ich zuvor lösen muß. Ich muß trachten, mich selbst zu erziehen. Und Du bist nicht der Mann, mir dabei zu helfen. Das muß ich allein vollbringen. Und darum verlasse ich Dich jetzt.

Helmer *(springt auf.)*
Was sagst Du da?

Nora.
Ich muß ganz allein stehen, wenn ich mich mit mir selbst und mit der Außenwelt zurechtfinden soll! Deshalb kann ich nicht länger bei Dir bleiben.

Helmer.
Nora! Nora!

Nora.
Ich verlasse Dich sofort. Christine wird mich für diese eine Nacht aufnehmen –

Helmer.
Du bist von Sinnen! Das darfst Du nicht! Ich verbiete es Dir!

Nora.
Es hat fortan keinen Zweck mehr, mir etwas zu verbieten. Ich nehme mit, was mir gehört. Von Dir will ich nichts haben, – nicht heut, noch später.

Helmer.
Welcher Wahnsinn!

Nora.
Morgen reise ich nach Hause – das heißt: in meine alte Heimat. Dort wird es mir am leichtesten sein, irgend etwas anzufangen.

Helmer.
O Du verblendetes, unerfahrenes Geschöpf!

Nora.
Ich muß trachten, mir Erfahrung zu erwerben, Torvald.

Helmer.
Deine Häuslichkeit, Deinen Mann und Deine Kinder zu verlassen! Bedenke: was werden die Leute sagen!

Nora.
Darauf kann ich keine Rücksicht nehmen. Ich weiß nur, daß es für mich notwendig ist.

Helmer.
O, das ist empörend. So entziehst Du Dich Deinen heiligsten Pflichten?

Nora.
Was verstehst Du unter meinen heiligsten Pflichten?

Helmer.
Das muß ich Dir erst sagen! Sind es nicht die Pflichten gegen Deinen Mann und gegen Deine Kinder?

Nora.
Ich habe andere Pflichten, die ebenso heilig sind.

Helmer.
Das hast Du nicht. Was für Pflichten könnten*das* wohl sein!

Nora.
Die Pflichten gegen mich selbst.

Helmer.
In erster Linie bist Du Gattin und Mutter.

Nora.
Das glaube ich nicht mehr. Ich glaube, daß ich vor allen Dingen Mensch bin, so gut wie Du, – oder vielmehr, ich will versuchen, es zu werden. Ich weiß wohl, daß die Welt Dir Recht geben wird, Torvald, und daß etwas ähnliches in den Büchern steht. Aber was die Welt sagt und was in den Büchern steht, das kann nicht länger maßgebend für mich sein. Ich muß selbst nachdenken, um in den Dingen Klarheit zu erlangen.

Helmer.
Du solltest Dir nicht klar sein über Deine Stellung in der eigenen Familie? Hast Du in solchen Sachen nicht einen untrüglichen Führer? Hast Du nicht die Religion?

Nora.
Ach, Torvald, was Religion ist, das weiß ich ja gar nicht einmal genau.

Helmer.
Was sagst Du da?

Nora.
Ich weiß ja nur, was Pastor Hansen sagte, als ich zur Konfirmationsstunde ging. Er trug vor,*dies* sei Religion und*das*. Wenn ich erst aus meinen gegenwärtigen Verhältnissen heraus und auf mich allein angewiesen bin, dann werde ich auch*dies* zu ergründen suchen. Ich will sehen, ob das, was Pastor Hansen gesagt hat, richtig war, oder vielmehr, ob es für*mich* richtig ist.

Helmer.
Ah, – das ist doch unerhört im Munde einer jungen Frau! Aber wenn die Religion Dir eine Führerin nicht sein kann, so laß mich wenigstens Dein Gewissen aufrütteln. Denn moralisches Gefühl, das hast Du doch? Oder, antworte mir, – hast Du es vielleicht nicht?

Nora.
Ja, Torvald, es ist nicht leicht, Dir darauf zu antworten, Torvald. Ich weiß es ja absolut nicht. Ich bin gänzlich irre daran geworden. Ich weiß nur, daß ich von dergleichen eine durchaus andere Anschauung habe als Du. Daß die Gesetze anders sind, als ich gedacht hatte, höre ich jetzt ja auch; daß sie aber richtig sind, – das will mir durchaus nicht in den Kopf. Eine Frau sollte also nicht das

Recht haben, ihren alten sterbenden Vater zu schonen oder das Leben ihres Mannes zu retten! So etwas glaube ich nicht!

Helmer.
Du sprichst wie ein Kind. Du verstehst die Gesellschaft nicht, in der Du lebst.

Nora.
Ich verstehe sie nicht – allerdings. Aber jetzt will ich sie mir näher ansehen. Ich muß dahinter kommen, wer recht hat, die Gesellschaft oder ich.

Helmer.
Du bist krank, Nora; Du hast Fieber; ich glaube gar, Du bist von Sinnen.

Nora.
Ich habe noch nie so klar und sicher empfunden, wie jetzt.

Helmer.
Und klar und sicher gehst Du von Deinem Gatten und Deinen Kindern?

Nora.
Ja, das tue ich.

Helmer.
Dann ist nur noch*eine* Erklärung möglich.

Nora.
Welche?

Helmer.
Du liebst mich nicht mehr.

Nora.
Ja, das ist es eben.

Helmer.
Nora! – Und das sagst Du so?!

Nora.
Es tut mir bitter weh, Torvald; denn Du bist immer so gut zu mir gewesen. Aber was ist da zu machen?! Ich liebe Dich nicht mehr.

Helmer *(mit mühsam erkämpfter Fassung.)*
Ist das auch eine klare und sichere Überzeugung?

Nora.
Eine ganz klare und sichere Überzeugung. Das ist der Grund, warum ich nicht länger hier bleiben will.

Helmer.
Und kannst Du mir auch erklären, wodurch ich Deine Liebe verscherzt habe?

Nora.
Ja, das kann ich. Es war heut abend, als das Wunderbare nicht kam; und da sah ich, daß Du nicht der Mann bist, für den ich Dich gehalten hatte.

Helmer.
Sei deutlicher; ich verstehe Dich nicht.

Nora.
Acht Jahre lang habe ich geduldig gewartet; denn, du lieber Gott, ich sah ja ein, daß das Wunderbare nicht wie ein Alltägliches kommen könne. Dann brach das Verderben über mich herein; und nun war ich unerschütterlich fest davon überzeugt: jetzt kommt das Wunderbare. Als Krogstads Brief draußen lag, – da dachte ich auch nicht einen Augenblick, Du könntest Dich den Bedingungen dieses Menschen fügen. Ich war fest überzeugt, daß Du ihm entgegnen würdest: tu es nur der ganzen Welt kund! Und wenn das geschehen –

Helmer.
Nun, und –? Wenn ich meine eigene Frau dem Schimpf und der Schande preisgegeben hätte –?

Nora.
Wenn das geschehen wäre, so glaubte ich felsenfest – dann würdest Du hervortreten und alles auf Dich nehmen und sagen: ich bin der Schuldige.

Helmer.
Nora –!

Nora.
Du meinst, ich hätte ein solches Opfer niemals von Dir angenommen? Natürlich nicht. Aber was hätten meine Versicherungen gegenüber den Deinen gegolten? –*Das* war das Wunderbare, worauf ich in Angst und Bangen gehofft habe. Und um*das* zu verhindern, hätte ich meinem Leben ein Ende gemacht.

Helmer.
Mit Freuden würde ich Tag und Nacht für Dich arbeiten, Nora, – für Dich

Kummer und Sorge ertragen. Aber es opfert keiner seine*Ehre* denen, die er liebt!

Nora.
Das haben hunderttausend Frauen getan!

Helmer.
Ach, Du denkst und sprichst wie ein unvernünftiges Kind.

Nora.
Mag sein. Aber Du, Du denkst weder, noch sprichst Du wie der Mann, an den ich mich anschließen könnte. Als sie vorüber war, – Deine Angst – nicht vor dem, was*mir* drohte, sondern vor dem, was Dich selber treffen könnte, als alle Gefahr vorbei war, – da tatest Du, als ob nichts geschehen wäre. Genau so wie sonst war ich wieder Deine kleine Lerche, Deine Puppe, die Du fortan doppelt vorsichtig auf Händen tragen wolltest, weil sie so schwach und zerbrechlich wäre.*(Steht auf.)* Torvald, in*dem* Augenblick kam ich zu der Erkenntnis, daß ich hier acht Jahre lang mit einem fremden Manne zusammen gehaust, und daß ich drei Kinder mit ihm gehabt hatte –. O, nicht daran denken darf ich! In tausend Stücke könnte ich mich zerreißen.

Helmer *(schwermütig.)*
Ich sehe, ich sehe. In der Tat, – zwischen uns hat sich ein Abgrund aufgetan. – Aber, Nora, sollte er sich nicht überbrücken lassen?

Nora.
So wie ich jetzt bin, bin ich keine Frau für Dich.

Helmer.
Ich habe die Kraft, ein anderer zu werden.

Nora.
Vielleicht, – wenn Dir die Puppe genommen wird.

Helmer.
Eine Trennung – eine Trennung von Dir! Nein, nein, Nora, – den Gedanken kann ich nicht fassen.

Nora *(geht rechts hinein.)*
Um so entschiedener muß es geschehen.*(Sie kommt mit Hut und Mantel zurück und trägt eine kleine Reisetasche, die sie auf den Stuhl am Tische stellt.)*

Helmer.
Nora, Nora, nicht jetzt! Warte bis morgen.

Nora *(nimmt den Mantel um.)*
Ich kann in der Wohnung eines fremden Mannes nicht die Nacht über bleiben.

Helmer.
Aber könnten wir nicht hier hausen wie Bruder und Schwester –?

Nora *(setzt den Hut auf.)*
Du weißt ganz gut, daß das nicht von langer Dauer wäre –.*(Hüllt sich in den Schal ein.)* Leb' wohl, Torvald; die Kleinen will ich nicht sehen. Ich weiß, sie sind in besseren Händen als bei mir. So wie ich jetzt bin, kann ich ihnen nichts sein.

Helmer.
Doch später einmal, Nora, – später?

Nora.
Wie kann ich das wissen? Ich weiß ja gar nicht, was aus mir wird.

Helmer.
Aber Du bist mein Weib, jetzt und in Zukunft.

Nora.
Hör' zu, Torvald; – wenn eine Frau das Haus ihres Mannes verläßt, wie ich jetzt tue, so entbindet ihn meines Wissens das Gesetz aller Verpflichtungen gegen sie. Wenigstens entbinde ich Dich jedweder Verpflichtung. Du sollst durch nichts gefesselt sein, ebensowenig wie ich es sein will. Auf beiden Seiten muß volle Freiheit herrschen. So, – da hast Du Deinen Ring zurück. Gib mir den meinen.

Helmer.
Auch das noch?

Nora.
Auch das.

Helmer.
Hier ist er.

Nora.
So. Nun ist es also aus. Da lege ich die Schlüssel hin. Die Mädchen wissen in

der Wirtschaft genau Bescheid – besser als ich. Morgen, wenn ich abgereist bin, wird Christine kommen, um die Sachen zusammenzupacken, die von Haus aus mein Eigentum sind. Sie sollen mir nachgeschickt werden.

Helmer.
Aus?! Aus?! Nora, wirst Du nie mehr an mich denken?

Nora.
Ich werde gewiß oft an Dich und die Kinder und dies Haus denken müssen.

Helmer.
Darf ich Dir schreiben, Nora?

Nora.
Nein, – niemals. Das verbiete ich Dir.

Helmer.
Aber schicken darf ich Dir doch – –

Nora.
Nichts; nichts.

Helmer.
– Dir helfen, wenn Du Hilfe brauchst.

Nora.
Nein, sage ich. Ich nehme nichts von Fremden an.

Helmer.
Nora, – werde ich Dir niemals wieder mehr als ein Fremder sein können?

Nora *(nimmt die Reisetasche.)*
Ach, Torvald, dann müßte das Wunderbarste geschehen –.

Helmer.
Nenn es mir, dieses Wunderbarste!

Nora.
Dann müßte mit uns beiden, mit Dir und mir, eine solche Wandlung vorgehen, daß –. Ach, Torvald, ich glaube an keine Wunder mehr.

Helmer.
Aber ich will daran glauben. Sprich zu Ende. Eine solche Wandlung, daß –?

Nora.
– daß unser Zusammenleben eine Ehe werden könnte. Leb' wohl!*(Geht durch das Vorzimmer ab.)*

Helmer *(sinkt auf einen Stuhl neben der Tür zusammen und birgt das Gesicht in den Händen.)* Nora! Nora! *(Sieht sich um und steht auf.)* Leer. Sie ist fort! *(Eine Hoffnung steigt in ihm auf.)* Das Wunderbarste –?

(Man hört, wie unten die Haustür dröhnend ins Schloß fällt.)